성탄
피크닉

성탄 피크닉

이홍 장편소설

민음사

| 차 례 |

성탄 피크닉 7

작가의 말 211

작품 해설
웰컴 투 강남_ 김미현(문학평론가·이화여대 국문과 교수) 213

밤의 아파트는 거대한 트리가 된다.

나는 여러 번 페인트를 덧칠한 낡은 아파트에 살고 있다. 1970년대 후반에 설립된 대단지 아파트. 압구정동에 위치한, 비슷한 외관의 수많은 아파트에 둘러싸인, 32평형으로 구성된 한 동의 아파트 말이다. 나는 눈도 한 번 깜빡이지 않고 이곳을 바라본다. 나에 대한 신뢰는 바로 이 움직이지 않는 시선에서 기원한다. 날이 기울고 사위가 어둑어둑해지면서 이곳 거주자들이 하나둘, 아파트 출입구로 들어선다. 평소보다 분주하고 흥분 섞인 발걸음으로. 어둠이 짙어지자 복도 쪽으로 난 창들에서 탁, 탁, 작은 폭죽 소리와 함께 불이 켜진다. 안락한 보금자리에서 서로의 속속한 눈길을 더듬으며 키스를 나누기 위해, 하얀 생크림이 듬뿍 발린 크리스마스 케이크를 나눠 먹기 위해, 피로에 찌든 몸을 누이고 잠들기 위해, 이제 모두가 자신의 집으로 귀환하는 것이다. 트리에

칭칭 감긴 알전구처럼 집집마다 불빛이 반짝거리는 밤. 작게 피어난 불빛들 사이로 빛 한 점 없이 캄캄한 608호가 있다. 어디선가 캐럴이 울려 퍼진다. 평화로운 리듬에 맞춰 나는 이 시간을 관찰한다. 그리고 불빛 없는 608호의 창을 통해 이야기를 시작한다. 오늘은 누구나 이야기할 수 있고, 모든 게 이야기가 되는 크리스마스니까. 나는 CCTV다.

2009. 12. 24. 22:11

이곳의 크리스마스트리는 아직 완성되지 않았다.

1

608호의 세 남매 중 둘째 은비가 화장실 옆에 세워 둔 트렁크 손잡이를 잡아끌었다. 반짝반짝 빛나는 트렁크. 연두색이고 50센티미터가 웃도는 길이의 크기다. 2박 3일이나 3박 4일, 단기간 여행 용도로 적합할 것 같은 트렁크. 화사한 민소매 원피스 몇 벌과 비키니, 알 큰 선글라스가 차곡차곡 포개져 있을 법한 트렁크는 예상 밖으로 쉽게 끌려 왔다.

트렁크를 끌고 가서 신발장을 열어젖혔다. 칸칸이 진열된 힐들을 바라보곤 구석에 처박혀 잘 보이지도 않는, 운동화를 꺼내 신었다. 현관 타일 바닥에 운동화 밑창을 탕탕 두들기고 첫 걸음을 내딛었다.

현관문을 열자 사나운 바람이 불어왔다. 바람의 마찰로 문이 잘 열리지 않았다. 간신히 문을 밀어젖히자 앞머리가 마구 헝클어져서 시야를 가렸다. 트렁크가 중심을 잡지 못하고 좌우로 흔들리며 굴러갔다. 똑같은 구조의 32평형 집 네 채가 일렬로 늘어선 울퉁불퉁한 복도 바닥에 드르륵 드르륵 소리를 새기면서.

아파트 복도 난간 아래로 주차 공간을 슬쩍 내려다보았다. 에쿠스 앞에 선 남자들이 사방을 두리번거리고 있었다. 검은색 양복 차림에 스포츠머리를 한 남자 두 명. 그들 중 한 명은 광택 나는 사진 한 장을 들고 있었다.

그들이 누구인지 알 순 없었다. 한 시간 전, 인터폰을 통해 경비원이 일러 준 대로라면, 신원을 밝히지 않은 두 남자가 608호의 학생 사진을 디밀고 이 동에 사는지 재차 확인했다는 것이다. 이 집에 608호 학생이라고 불리는 사람은 세 사람이 있었다. 은비는 셋 중에서 도대체 누구인지 따져 물었다. 경비원은 그 사진 속의 인물이 둘째 학생이라고 대답했다. 바로 자신이었다.

아파트 복도에서 엘리베이터 방향으로 돌아서는데, 언니가 뒤따라 뛰어나왔다. 머뭇거리는 사이 언니가 엘리베이터 버튼을 대신 눌러 주었다. 감동받은 눈으로 언니를 보았다. 이전엔 한 번도 나눈 적 없는, 이루 말로 표현할 수 없는 애틋한 눈빛이 오갔다.

"내가 먼저 나가서 유인해 볼게."

언니가 똑똑 끊어지는 목소리로 말했다. 은비는 잠시 망설렀다. 언니가 그들을 유인할 수 있을지 확신이 들지 않았다. 그래도 혼자 나서는 것보다 누군가의 도움을 받는 편이 낫겠지. 트렁크 손잡이를 꼭 쥐고 얼어붙은 턱을 주억거렸다.

엘리베이터를 타고 1층까지 언니와 함께 내려갔다. 아파트 출입구 안쪽에서 언니는 얼굴을 확인하기 어렵도록, 그들이 서 있는 반대 방향으로 얼굴을 틀고 나갔다. 스포츠머리에 검은색 재킷을 입은 남자들이 언니 쪽으로 슬금슬금 따라붙었다.

호출한 모범택시가 출입구 앞에 대기 중이었다. 마지막 계단을 내려가기 전, 호흡을 고르고 트렁크를 들어 올렸다. 트렁크는 허공으로 가뿐히 솟아올랐다. 두 눈을 질끈 감고 힘차게 발을 내굴렀다. 택시에 타자마자 문을 쾅 닫고 도어를 잠갔다.

멀찌감치 언니의 뒤를 쫓던 덩치 두 명이 낌새를 차리고 택시 쪽으로 달려왔다.

"공항 터미널요! 그냥 가세요! 빨리! 빨리!"

헐떡거리며 소리치는 사이 남자들이 바짝 쫓아왔다. 그들은 택시 트렁크를 주먹으로 내리쳤다. 멈추라고 윽박질렀다. 택시는 외벽에 금이 가고 칠이 벗어진 백회색의 아파트 단지를 유유히 빠져나가고 있었다. 재빨리 뒤쪽 창을 확인해 보았다. 덩치 큰 남자들이 주차장에 세워 둔 구형 에쿠스에 올라탔다.

이제 막 속도를 올리던 택시가 아파트 단지 내 도로 끝에서 멈추었다. 공항 터미널 방향으로 가려면 좌회전 신호를 기다려야 했다. 차창 앞 신호등은 빨간색이다. 곧이어 에쿠스가 뒤따라왔다. 택시 바로 뒤에서 멈춘 에쿠스의 보조석 문이 왈칵 열렸다. 두 명 중 덩치가 좀 더 커다란, 사진을 들고 있던 남자가 차 문을 박차고 뛰어나왔다. 심장이 훅 조이는가 싶더니 쿵쿵 날뛰었다. 그때까지 신호는 바뀌지 않았다.

저들은 누구인가.

2009. 12. 24. 12:17

은비가 첫 번째 출발자였다.

*

한 시간 후, 608호 세 남매 중 막내 은재가 배낭 머리에 달린 고리를 잡았다. 커다란 배낭. 검은색이고 60센티미터 길이의 크기다. 짧은 일정의 등산 용도로 적합할 것 같은 배낭. 하룻밤 눈을 붙일 수 있는 폭신한 침낭과 어둠을 밝힐 손전등이나 지도 따위가 들었을 법한 배낭이 등에 착 달라붙자, 차갑고 시린 감촉이 전해져 왔다.

복도를 걸어 나가는데 옆집 607호 현관문 안에서 아기 울음소리가 쩌렁쩌렁하게 울렸다. 콧물이 섞인 그르렁거리는 울음. 잇따라 우당탕 물건 부닥치는 소리와 함께 난폭한 욕설이 터져 나왔다. 옆집 여자의 울음소리도 들려왔다. 살려달라고 애원하는 소리도 들려왔다. 빵빵하게 채워서 주둥이를 단단히 여민 쓰레기봉투가 607호 앞에서 팩 쓰러졌다. 은재는 멈칫하다가 발걸음을 재촉했다.

정류장에 서서 버스를 기다렸다. 순환 버스가 도착했다. 문 앞에 우르르 몰려든 사람들 사이에 끼어 버스에 올라탔다. 크리스마스캐럴이 울려 퍼졌다. 크리스마스 선물을 들고 안은 사람들이 버스 안에 북적거렸다.

출발한 버스는 100미터도 나아가지 못했다. 10분이 넘도록 한 블록을 벗어나지 못한 버스 안에서 목도리에 감긴 목덜미 쪽으로 땀이 뱄다. 죽 잡아당겨서 풀어낸 목도리를 옆구리에 꼈다. 버스 천장에 달린 손잡이를 잡고 창밖에 드리워진 아파트 단지를 응시했다. 그곳은 종이 모형처럼 체취가 느껴지지 않았다.

버스는 간신히 아파트 단지를 벗어나 성수대교 사거리 중간에서 멈추었다. 신호가 바뀌어도 전진하지 못하고 엉킨 차들, 그리고 그 안에 옴짝달싹 못하고 갇힌 인간들. 바로 앞에 앉은 중년 여자가 코를 잡았다

"아휴, 이게 무슨 냄새야."

중년 여자는 버스 안을 휘 둘러보다가 손잡이를 잡고 서 있는 은재를 슥 올려다보았다. 은재의 뺨이 와락 달아올랐

다. 손잡이를 쥔 손바닥 안쪽이 축축하고 끈적거렸다. 버스가 슬슬 속도를 내기 시작했다. 앞에 앉은 중년 여자가 놀란 눈으로 은재의 등에 매달린 배낭을 주시하고 있었다.

"학생, 학생, 학생, 배낭!"

버스가 정류장에서 멈추고, 은재와 함께 탑승해서 줄곧 뒤에 서 있던 남자가 버스에서 날래게 뛰어내렸다. 은재는 재빨리 제 등에 매달린 배낭을 보았다. 배낭 하단이 한 뼘만큼 쩍 찢어져 있었다. 벌어진 틈으로 신문 뭉치가 비어져 나오려 했다. 버스가 덜컹 움직이자마자 그것이 바닥으로 툭 떨어졌다.

이제, 어떻게 해야 할까.

2009. 12. 24. 13:38

은재는 배낭에서 빠져나간 신문 뭉치를 잡기 위해 허둥지둥 손을 뻗었다.

*

마지막으로 608호의 세 남매 중 첫째 은영이 골프 가방 끈을 잡았다. 기다란 골프 가방. 빨간색이고, 폭은 좁지만 길이가 100센티미터를 웃도는 크기다. 그린이나 골프 연습장에 들고 갈 용도로 적합할 것 같은 골프 가방. 작은 골프공을 멀리, 아주 멀리 날려 줄 탄탄한 아이언 골프채가 들어 있을 법한 골프 가방을 어깨에 메자 가방끈이 어깨 아래로 단박에 흘러내렸다.

엘리베이터에 올라탄 은영은 제일 먼저 천장 구석을 올려다보았다. 그곳에 비둘기 눈 크기의 감시 카메라가 부착돼 있었다. 엘리베이터가 하강하는 동안 멋진 크리스마스 계획이 있는 사람처럼 상기된 표정을 지어 보였다. 먼저 출발한 두 동생이 걱정스러웠지만, 조금도 그런 감정을 드러내지 않았다. 엘리베이터는 1층에서 문이 열렸다.

출입구로 나가자 경비원이 현관 앞을 비질하는 중이었다. 경비원을 향해 꾸벅 인사를 하자, 경비원이 "골프 연습 하러 가나 보지?" 알은체하며 찡긋 웃었다. 예의를 갖춰 고개를 숙이곤 아파트를 걸어 나갔다.

"608호 학생."

은영은 걸음을 멈추었다.

"아휴, 어제 너무 시끄러워서 혼났지? 글쎄, 808호에서 오밤중에 공사를 강행했던 모양이야."

경비원이 턱을 들어 올렸다. 경비원의 늘어진 시멘트빛 턱이 아파트 엘리베이터가 오르내리는 중심을 기점으로 우측, 5호에서 8호까지의 복도를 기리켰다.

"아무리 급해도 그렇지, 다들 자는 시간에 말이야. 새벽에 항의가 빗발쳐서 인터폰에 불이 났지 뭐야. 808호에선 한

사코 아니라고 발뺌하는데, 지금 이 동에서 공사를 하는 집은 거기밖에 없잖아. 경고 조치하려고 808호에 올라갔더니, 그새 눈치를 챘는지 장비를 싹 뺐더라고. 더 이상 소음도 나지 않고, 증거가 없으니 어째. 에이, 몰상식한 인간들 같으니라고. 요즘 인간들은 다들 자기 사정만 안다니깐. 쯧쯧."

간밤의 소음은 쉽게 죽일 수 있는 소리가 아니었다. 밤새 울려 댄 전기톱 소음에 귀가 찢어지고 달팽이관이 쏙 빠져나올 듯했다.

무슨 소리였을까.

2009. 12. 24. 13:51

은영은 어깨 아래로 미끄러져 내리는 골프 가방 끈을 다시금 들어 올렸다.

2

　한 달 전, 은비는 친구 지희와 함께 청담동 뒷골목의 호스트바에서 나왔다. 은비와 지희는 몸을 가눌 수 없을 정도로 질편하게 취해 있었다. 개점하지 않은 고급 레스토랑과 고급 빌라들이 밀집한 골목 안에선 생선 내장 썩는 냄새와 매캐한 배기가스 냄새가 희미하게 섞여 돌았다. 새파랗게 날이 밝아 가는 새벽 어스름이었다.

　주차 요원이 지희의 BMW X5를 호스트바 건물 앞에 세웠다. 그들은 호출한 대리 운전기사를 기다렸다. 지희의 지정 파트너인 대니가 지희를 부축해 주었다. 지희는 휘청거리면시 술을 더 마시자고 목소리를 높였다. 어제저녁 8시, 로바다야키에서 출발해 클럽에서 호스트바까지 벌써 3차째였다. 졸리고 술을 더 마시기도 힘들었다.

지희는 같은 아파트 단지 내 가장 큰 평수에서 살았다. 고리대금업으로 돈을 번 외가가 최근 엄청난 규모의 리조트를 인수했고, 지희의 엄마는 그 집안의 유일한 상속자이며, 아빠는 깡촌 출신이지만 명문 대학 법대를 수석으로 졸업해서 지희네 외가의 원조로 꽤 알려진 로펌을 경영하고 있었다. 지희의 부모는, 외동딸 지희를 일찌감치 입시 감옥에서 탈출시켜 주었다. 이 동네에선 흔치 않은 처사였다. 대신에 지희가 중학생일 때부터 다른 몇 가지 준수 사항을 제시했다고 한다. 고급 마사지 숍에 데리고 다니며 피부 관리의 중요성에 대해서 장황설을 늘어놓았고, 명품관에 가서 고가의 캐시미어를 사 주었으며, 오래 가는 값비싼 캐시미어만큼 질 좋은 남자를 만나야 한다고 훈계했고, 고2 때는 새삼 외모의 중요성을 일깨워 주며 겨울방학을 틈타서 안면 윤곽술 성형을 시켜 주었다. 작년 고3 땐 부랴부랴 족집게 과외 선생을 붙여 주기도 했다. 한 과목당 1000만 원인 고액 과외였다. 지희는 영어 과목 족집게를 꼬드겨서 과외비를 절반으로 나누어 갖고 아예 수업을 받지 않았다. 그 덕에 지희에게 몇 번 비싼 술을 얻어먹기도 했다. 호스트바에 다니기 시작한 것도 그 무렵부터였다.

지희가 대니를 밀치고 걸어와서 은비를 와락 끌어안았다. 그리고 손목을 끌고 몇 걸음 떨어진 곳으로 갔다. 지희가 전봇대 앞에서 침을 찍찍 뱉더니 입을 열었다.

"집에 들어가기 싫어."

"그건 나도 마찬가지거든."

"헐, 여왕벌 때문에 돌아 버리겠어. 요즘에 날 못 볶아 먹어서 안달이야."

지희가 콧소리를 내며 칭얼거렸다.

"너희 이빠가 밤에 열심히 안 해 주나 보다, 야."

은비가 피식 웃으며 말했다. 지희가 눈을 꾹 감았다 뜨곤 의미심장하게 쳐다보았다. 무언가 기발한 아이디어가 떠오를 때 그러는 것처럼, 재수술해서 붓기가 가라앉지 않은 두툼한 쌍꺼풀을 깜빡거렸다.

"야, 빨대, 너 우리 아빠 좀 어떻게 해 봐."

"너희 아빠?"

"그 새끼가 자꾸 용돈을 끊어 버리겠다고 난리야. 재수 안 하면 국물도 없대. 내 개인 통장에 있는 돈은 진즉에 다 빼 버렸어."

"……."

"네가 꽂아서 안 넘어가는 남자 봤어?"

지희가 말끝에 손바닥으로 입을 막고 전봇대 뒤쪽으로 후다닥 달려갔다. 대니가 지희에게 달려가서 등을 두들겨 주었디. 그사이 길 건너편 편의섬으로 갔다. 지희의 말이 진심인지 아닌지 도통 알 수 없었다. 술이 덜 깨서 정신이 탁하고 혼미하던 참이었다. 지희도 그럴 것이었다. 제멋대로인 지희

라지만, 아빠의 덜미를 잡기 위해서 친구를 이용할 안하무인은 아니었다. 차가운 꿀 음료를 사서 뚜껑을 열었다. 빨대 두 개를 꽂아서 한 모금 마시고 지희에게 다가갔다.

지희는 캐시미어 코트 소매로 입가를 훔치고 있었다.

"너나 나나 사는 게 개판이다. 그치?"

시무룩한 얼굴로 음료수 병을 내밀었다. 지희가 별 시답지 않은 말을 들었다는 듯 쳇, 웃어넘겼다. 입을 대지 않은 빨대를 지희 입술 쪽에 들이댔다. 지희가 턱을 돌리고 고개를 흔들었다.

"우리 여행 갈까?"

지희가 돌연 명랑한 목소리로 물어 왔다. 은비는 기다렸다는 듯이 활짝 웃었다. 현재, 통장에 있는 돈으로 하고 싶은 것을 다 할 순 없어도 지희와 함께 여행 정도는 충분히 다녀올 수 있었다. 인간들이 북적거리는 뉴욕 한복판도 좋고, 에펠탑이 우뚝 솟은 패션의 도시 파리도 좋을 듯했다. 해변에서 비치 의자에 누워 콧노래를 흥얼거리다가 시원한 바닷물에 발을 담가 보는 거야. 잔잔한 파도 소리와 부드러운 모래의 감촉, 그 머나먼 감촉에 다가가고 싶은 새벽이다.

지희가 뭔가 잊은 게 있는 듯 구찌 백 속을 뒤적거렸다. 대니가, 대리 운전기사가 도착했다고, 이제 그만 가자고 지희를 끌어당겼다. 지희가 앙칼지게 "저리 가!" 소리치곤, 긴 팔로 은비의 목덜미를 감쌌다. 목덜미를 감싸지 않은 주먹

쥔 손을 가슴까지 들어 올렸다. 앙증맞은 주먹을 펼쳐 보였다. 손바닥 위에 분홍색 라이터가 덩그러니 놓여 있었다. 'BACCHUS'라는 상호가 박힌 라이터였다.

"아빠가 다니는 단골 룸살롱이야."

지희가 손에 라이터를 쥐어 주며 윙크했다. 주뼛거리던 대리 운전기사기 대니의 사인을 받고 시희의 자농차 운전석에 앉아서 시동을 걸었다. 지희는 대니와 함께 휘청휘청 뒷좌석에 올라탔다. 은빛 X5가 쌩하니 달려 고요한 골목을 빠져나갔다.

멀어져 가는 자동차 범퍼를 보며 분홍색 라이터를 내려다보았다. 한 대 후려 맞은 것처럼 얼얼한 기운이 떨쳐지지 않았다. 하지만 손에 쥔 라이터를 내려놓지 못했다.

2009. 11. 24. 06:16

은비는 라이터를 쥔 채 병에 남은 달짝지근한 꿀 음료를 쪽 빨아 마셨다.

*

힌 달 진, 은재는 교복을 입고 아파트 줄입구를 향해 걸어가고 있었다. 학교에서 무단 조퇴를 하고 돌아오는 길이었다. 경비실 초소 안에서 졸던 경비원이 창을 열고 은재를 불러

세웠다. 못 들은 척 계속 걸었다. 경비원은 "어이, 608호 학생!" 부르며 엘리베이터 앞까지 쫓아왔다. 경비원이 달려오는 반대 방향으로 얼굴을 틀었다.

"아까 황금에서 왔었는데, 집 좀 보고 싶다고."

경비원이 비뚜름히 걸친 모자를 벗으며 말했다.

8층에서 멈추어 있던 엘리베이터가 내려오고 있었다. 무슨 말을 해야 할지 몰라서 괜스레 휴대폰을 꺼냈다. 메시지 작성에 들어가서 쓸데없는 글자를 찍었다. 무작위로 글자를 찍어 내는 사이 쇠문이 벌어졌다. 엘리베이터에 올라타서 닫힘 버튼을 연거푸 눌렀다. 닫혀 가는 문틈으로 늙은 경비원이 고개를 절레절레 흔드는 모습이 보였다.

등에 멘 책가방을 빼서 손에 들고 엘리베이터에서 내렸다. 오른쪽으로 꺾어서 복도를 걸었다. 복도식 아파트였다. 엘리베이터를 중심으로 양쪽 복도에 다섯 세대가 붙어 있었다. 은재가 사는 608호는 복도 오른쪽 맨 끝에 붙박여 있었다.

어느 집에선가 거친 욕설이 새어 나왔다. 607호일 것이다. 지난해 옆집으로 이사 온 신혼부부의 집. 오래된 아파트는 방음이 잘 되지 않았다. 최근 607호에선 하루가 멀다고 부부 싸움을 해 댔으며, 그 집 아기도 종일 울어 댔다. 하루도 조용할 날이 없는 집이었다. 하지만 그 집을 지나지 않곤 자신의 집에 당도할 수 없었다.

열쇠 구멍에 열쇠를 끼워 넣고 돌렸다. 607호에서 불시에 뛰쳐나온 옆집 여자가 주위를 둘러보더니 냉큼 이쪽으로 달려오고 있었다. 은재는 재빨리 집 안으로 들어가서 문을 닫으려 했다. 현관문이 닫히기 직전 여자가 손가락을 문틈에 집어넣었다. 여자가 다짜고짜 문을 열고 집으로 들어왔다. 쿵. 현관문이 닫히자마자 옆집 607호 문이 찰칵 열리는 소리가 들려왔다.

"씨팔! 고인주! 고인주!"

남자가 악을 써 대며 사라진 옆집 여자를 찾고 있었다. 은재는 당혹스러워서 두 눈을 멀뚱멀뚱 뜨고 옆집 여자를 쳐다보았다.

옆집 여자는 현관문 앞에 웅크리고 앉았다. 하얀색 반소매 티셔츠에 하늘색 파자마 바지를 입고 있었다. 큼직큼직하고 또렷한 이목구비가 두드러지는 예쁘장한 얼굴이었다. 새카만 머리카락은 산발이었고 티셔츠 아래로 드러난 하얀 팔마디는 울긋불긋했다. 여자는 검지를 입술에 대고 쉿, 포즈를 취했다. 다른 한 손엔 무전기처럼 생긴 물건을 쥐고 있었다.

은재는 차마 나가라고 할 수 없었다. 그렇다고 여자를 거기에 두고 제 방으로 들어갈 수도 없어서 거실 소파에 앉았다. 여사가 현관문 앞에 서서 소리를 죽이고 키득거리다가 은재를 쳐다보았다.

"날 알아보는 거죠?"

옆집 여자가 새침하게 말꼬리를 올렸다.

"다 알아요. 그래서 더 모르는 척한다는 것도."

무슨 뜻인지 알아듣지 못했고 관심도 없었다.

리모컨을 들고 텔레비전을 켰다. 채널은 YTN에 맞춰 있었다. 이제 막, 토막 살인을 저지른 범인이 모자를 푹 눌러쓰고 현장 재현을 하는 중이다. 살인범 옆으론 담당 경찰 세 명이 호위를 하고 있었다. 화면은 범인이 커다란 이민용 트렁크를 들고 자신의 집을 나오는 장면으로 넘어갔다. 엘리베이터 안이었고, 결정적인 단서가 CCTV에 잡힌 것이다.

다시 장면이 바뀌고 모자를 눌러쓴 범인이 하얗게 터지는 플래시 속으로 사라질 무렵 아기 울음소리가 들려왔다. 원래 방음이 잘 안 되는 집이지만 벽 너머의 소리라고 하기엔 너무 큰 소리였다. 그 소리를 들은 옆집 여자가 벌떡 일어서는 동시에 차임벨이 울렸다.

은재는 리모컨을 든 채로 현관문을 응시했다. 띵동. 여자가 어깨를 잔뜩 옹송그리고 불안에 떨며 고개를 숙였다. 띵동, 띵동. 차임벨이 계속 울렸지만 은재는 미동도 하지 않았다.

옆집 여자가 이내 포기한 듯 문고리를 잡았다. 문고리를 돌리려던 순간 은재는 옆집 여자에게 손사래를 쳤다. 옆집에서 무슨 일이 벌어지든 개입하고 싶지 않았다. 옆집 여자가 살려 달라고 비명을 지르든, 죽음의 벼랑 끝에 서든 관심 밖의 일이었다. 단지 지금은 607호 여자가 자신의 집에 들어왔으므로, 오해받을 여지가 있었다.

천장이 무너질 것 같은 굉음이 울렸다. 드르륵 드르륵 쾅쾅. 눈살을 잔뜩 찌푸리고 천장을 노려보았다. 얼마 후, 새로 이사 올 808호에서 거실 확장 공사를 하고 있었다. 며칠 전 주민 동의서에 큰누나가 사인을 휘갈긴 기억이 있었다. 새로 이사할 집들은 대개 집 내부를 뜯어고치기 일쑤였다. 어쩔 수 없이 한 달의 반절은 드르륵 드르륵, 쾅쾅. 굉음 속에서 살아야만 했다.

옆집 여자에게 현관 옆에 붙어 있는 제 방을 가리켰다. 옆집 여자는 넋이 나간 얼굴로 살금살금 뒷걸음질 쳐서 은재의 방으로 들어갔다. 침대에 걸터앉아서 무전기처럼 생긴 물건을 내려놓았다. 베이비 인터폰인 듯했다. 스피커에서 아기 울음소리가 터져 나왔다. 옆집 여자는 기도하듯 두 손을 모았다.

은재의 방은 복도와 벽 하나를 사이에 두고 있었다. 창가로 가까이 가서 소리를 들으면, 초인종을 누르는 사람이 누구인지 확인이 가능할지도 몰랐다. 창가로 가려면 침대로 올라가야 했다. 침대 위로 올라서서 무릎걸음을 하고 창가로 갔다. 부들부들 떨리는 여자의 팔마디가 스쳤다. 고개를 살짝 들고 보니, 여자는 눈을 지그시 감은 채 흐느끼고 있었다.

2009. 11. 24. 14:04

현관문 밖에 재개발추진위원회 조합원이 서 있었다.

*

　한 달 전, 은영은 LK건설회사 입사 면접 대기실에 앉아 있었다. 대기실 양쪽 벽에 일렬로 앉은 사람들은 경쟁자인 서로를 조금씩 의식하는 듯했다. 곁눈질로 옆 사람과 건너편 사람을 유심히 살피면서도 안 그런 척 말 한마디 나누지 않았다. 기다란 면접 대기실엔 시종 냉랭한 기운이 휘돌았다.
　옆자리에 앉은 여자를 흘긋 보았다. 대기 중인 사람들의 성별 중 여성이 드물었던 탓에 유독 관심이 갔는지도 모른다. 가장 먼저 여자의 귓불에 딱 달라붙어 있는 화려한 금박 귀걸이가 눈에 띄었다. 바둑알처럼 생긴 동그란 원형 가득 반짝이는 원석이 빽빽이 박혀 있었다. 여자의 허벅다리 옆에 놓인 백을 힐끔 보았다. 언젠가 여동생 은비가 들고 있었던 백과 재질이 같은 카키색 악어가죽 백이었다. 크기는 은비의 백보다 훨씬 컸다.
　은영은 생판 모르는 여자가 안쓰럽기까지 했다. 아마도 여자는 이런 식의 면접이 처음인 것 같았다. 아니면 입사 면접에 관련된 인터넷 카페나 취업 정보지에 실린 글을 한 번도 읽어 보지 않고 온 게 틀림없었다. 여자에게 말을 걸어 볼까 망설이다가 그만두었다. 공연히 참견하는 사람처럼 보이고 싶지 않았다. 게다가 상대방이 말하길 원치 않을 수도 있는 노릇이었다.

여자가 가방 속에서 다이어리를 꺼냈다. 다이어리에 적힌 일정을 확인하던 여자가 갑자기 은영을 향해 얼굴을 틀었다. 은영은 엿보다가 들킨 사람처럼 흠칫 놀랐다. 귓바퀴가 발그레 달아올랐다.

"어디서 본 거 같은데, 혹시 X대학?"

"네? 그걸 어떻게……?"

"아, 그냥 느낌이."

여자가 애매하게 웃어 보였다.

어떻게 알았을까. 얼떨떨한 표정이었지만 어깨를 당당히 폈다. X대학 출신이라는 건 언제나 자랑스러웠다. 그러나 X대학 출신이 B등급 건설 회사 입사 시험을 보러 왔다면 부끄러운 일이기도 했다. 1지망이던 금융 회사와 2지망이던 대기업 몇 군데서 줄줄이 불합격되었으니 어쩔 수 없는 결과였다. 어렸을 때부터 그 지역의 수재로 이름을 떨치던 같은 대학 같은 과 선배는 취업 삼수 끝에 고향으로 내려가 부모가 운영하던 구멍가게에서 종일 앉아 있다고 했다. 그렇게 되고 싶진 않았다. 물려받을 구멍가게조차 없다. 마지못한 선택이지만, 이마저도 절박했다. 계속해서 과외를 하며 살아갈 순 없으니까. 그러려고 일류 대학에 입학한 게 아니니까.

복도 끝 화장실로 들어갔다. 세면대 위에 부착된 거울을 보고 입가의 근육을 이완시키기 위해서 아, 에, 이, 오, 우로 입 모양을 만들었다. 물론 불안감을 떨치기엔 그것으로 부족했다. 될 거야, 이번엔 꼭 될 거야. 핸드백 속에 들어 있던 모나미 볼펜을 꺼냈다. 잇새에 볼펜을 끼고 안녕하세요, 1104번 박은영입니다, 를 세 번 반복했다.

대기실로 돌아오고 3분쯤 지났을까. A-1101부터 1104까지 번호가 호명되었다. 번호 호명을 받고 옆에 앉아 있던 여자와 함께 면접실로 들어갔다. 앞서 들어간 여자가 먼저 의자에 앉았다. 허리를 꼿꼿하게 펴고 앉은 여자는 무척 당차보였다. 남자 두 명과 여자와 은영이 나란히 놓인 의자에 차례차례 앉았다.

면접관들이 유독 주시한 건 금박 귀걸이를 한 여자였다. 여자는 A-1101 '이보나'였다. 건설 회사의 거친 일은커녕 커피 심부름 하나 못 할 것 같은 외모와 이름이라고, 은영은 생각했다. 어쩌면 면접관들도 자신과 비슷한 생각으로 그녀에게 호기심을 갖는 것인지도 몰랐다.

앞 번호의 세 사람을 거쳐 은영의 차례였다.

"MOS 자격증이 있군요."

"네."

"토익 점수는 940점이고……."

"네."

"박은영 씨. 이번 면접이 몇 번째입니까?"

정중앙에 앉아 있는 면접관이 심드렁하게 물었다. 뜻밖의 질문이었다. 은영은 네 번째라고 대답했다. 우발적인 거짓말이었다. 질문을 던진 면접관이 예의상 고개를 끄덕였다. 추호도 의심하는 기색은 아니었다.

"박은영 씨. 한국 건설업이 어떤 방향으로 전환점을 맞이해야 한다고 생각하십니까?"

대한민국에서 내 집 마련은 온 국민의 염원입니다. 그러한 국민 정서에 힘입어 한국 건설 시장이 부흥해 왔다고 해도 과언이 아닙니다. 앞으로 말하게 될 대답의 도입부였다. 며칠 밤낮으로 암기하듯 외운 문장의 도입부. 암기는 은영의 주특기였다. 학창 시절 내내 상위권 성적을 유지해 온 것도, 명문 대학에 입학한 것도 특출한 암기 능력 때문이었다. 내 집 마련은 온 국민의 염원입니다. 붙여 모은 무릎 사이가 파르르 떨려 왔다. 내 집 마련은 온 국민의 염원입니다, 는 1101번의 여자, 금박 귀걸이가 이미 내뱉은 대답이었다.

그동안 수집한 취업 정보에 의하면 지금은 새로운 반론을 제시할 때였다. 앞사람과 치별성 없는 대답을 하면 감점 요소가 된다. 이런 매뉴얼이 머릿속을 혼잡스럽게 했다. 그간 서류 심사엔 통과하고 면접에서만 떨어져 왔지만, 이런 상황은 처음이었다. 비슷한 대답을 하는 사람이 있다 하더라도 나란히 앉아서 면접을 보는 네다섯 명 중의 한 명은 아니었다. 면접관의 시선을 놓치지 않기 위해서, 자신감 넘치는 모습을 잃지 않기 위해서, 허투루 눈을 깜빡이지 않으려고 두 눈을 힘주어 떴다. 이번만큼은 기필코 떨어지고 싶지 않았다. 4학년 2학기였다. 벌써 열아홉 번째 면접이었다.

면접관들은 대답을 잠깐 기다려 주었다. 그들의 시선엔 일말의 인간적인 동정심도 비치지 않았다. 매일 보는 텔레비전 광고를 보듯이 무표정한 얼굴이었다. 면접관 중에 맨 끝에 앉아 있는 사람의 눈동자가 이내 책상 위로 떨어졌다. 그는 조급증을 보이는 사람처럼 손에 쥔 볼펜으로 책상 위를 딱딱거렸다. 볼펜이 책상에 부딪히는 속도가 점점 빨라지고 있었다. 둔중하게 울리는 시계 초침보다 더 빨랐다. 빳빳하게 풀을 먹인 푸른색 목깃 안쪽으로 땀이 배어 나왔다. 창밖으로 회색빛 마천루가 펼쳐졌다. 건너편 유리 빌딩에 반사된 날카로운 햇빛이 눈살을 찌푸리게 했다.

2009. 11. 24. 14:08

은영의 자신감 넘치던 눈빛은 유리 빌딩 아래로 하염없이 미끄러져 내려갔다.

3

사흘 전, 은비는 압구정역 사거리에 위치한 건물 옆에 서 있었다. 성형외과 간판이 붙어 있는 흔하디흔한 건물이었다. 'PINK'라는 영문자가 엉덩이에 박힌 분홍색 트레이닝복 위로 토끼털 코트를 입고서 무릎 관절을 까딱거렸다. 토끼털 코트를 입었지만 강렬한 추위가 고스란히 느껴졌다. 코트 안에는 집에서 입고 있던 민소매 셔츠뿐이었다. 담배 한 개비를 꺼내서 입술 새에 꼬나물었다. 라이터를 잡아당겨서 불을 붙이고 하얀 연기를 훅훅 내뿜었다. 연기가 뿜어질 때마나 커다랗고 검은 눈망울이 반짝반짝 빛났다.

담배 연기가 흘러가다 흩어지는 방향으로, 은색 재규어가 대로에서 꺾어져 골목 안으로 진입하고 있었다. 건물로 근접할수록 재규어의 속도는 점차 줄어들었다. 핸들을 잡은 사람의 형체가 서서히 선명해졌다. 뭉툭한 코, 골이 파인 좁은 이마, 금테 안경, 이윽고 놀라서 번뜩이는 눈.

재규어가 건물 주차장으로 들어가려다 말고 휙 방향을 틀었다. 차는 건물 앞에서 한껏 속도를 낮추어 미끄러졌다. 몇 개의 건물을 천천히 지나쳤다. 일본식 라멘 식당이 있는 건물을 끼고 골목 안으로 자취를 감추었다.

4204. 은비는 멀어져 가는 차 범퍼를 바라보며 어금니에 붙여 놓았던 껌을 씹었다. 이따금 혀끝으로 이빨 안쪽을 훑었다. 토끼털 코트 호주머니에서 휴대폰을 꺼냈다. 허공으로 번쩍 들어 올린 휴대폰을 보곤 씩 웃었다. 최근 히트 가요 컬러링이 경쾌하게 울리기 시작했다. 전화를 걸어 온 사람은, 재규어의 운전자, 최 원장이었다.

"여, 여긴 웬일이야?"

"몰라서 그래?"

"거기 서 있지 말고, 이쪽으로 와."

"이쪽이 어딘데?"

"보고 있었던 거 다 알아. 빨리 와."

그가 몰고 온 재규어가 골목의 막다른 곳에 멈춰 있었다. 골목은 여자의 은밀한 그곳처럼 좁고 음습했다. 은비는 당당히 걸어가서 탄탄한 차 트렁크를 손바닥으로 스윽 훑었다. 손에 먼지는 묻어나지 않았다.

뒷좌석 문을 열고 차에 올라앉았다. 발을 옥죄던 볼 좁은 킬 힐을 벗었다. 양반 다리를 하고 앉아서 퉁퉁 부어오른 발을 주물렀다. 최 원장은 룸미러로 눈동자를 굴리며 은비를 흘긋거렸다. 그의 턱은 얼어붙어 움직이지 않았다. 핸들에 올려 둔 손가락 끝이 일제히 떨렸다. 총구 앞에 선 사람처럼 파리하게 질려 꼼짝하지 못했다.

"도, 도, 돈 때문이야?"

그는 당혹스러움을 감추지 못한 채 버벅거렸다. 은비는 대꾸하지 않고 느릿느릿 눈을 끔뻑였다.

그가 호주머니에서 지갑을 꺼냈다. 검은색 가죽 지갑을 벌려서 푸릇한 지폐를 몽땅 꺼냈다. 포개진 열 장의 지폐가 휘어졌다. 성급히 몸을 돌려 지폐를 뒷좌석 쪽으로 내밀었다. 한사코 눈길을 피하는 그의 눈가에 주름이 길게 파였다.

턱을 비틀고 돈을 받지 않았다.

"쳇, 지금 장난쳐? 내가 초딩도 아니고."

"정말이야, 지금은 이거밖에 없어. 그리고 여기까지 찾아오면 어떡해. 누구 날벼락 맞는 꼴 보고 싶어서 그래?"

그가 목소리를 한껏 죽였다.

"요즘에 왜 자꾸 전화를 피하시는 긴데?"

"일이 있었어."

"무슨 일?"

"내가 그런 거까지 너한테 보고해야 돼!"

핏발 선 눈으로 그의 뒤통수를 노려보았다. 슬슬 머리카락이 빠져서 살갗이 비치기 시작하는 뒤통수. 이럴 때일수록 발끈할 필요는 없었다. 한두 번 겪는 일이 아니었다. 돈을 받아 낼 땐 저절로 감정이 다스려졌다.

"차도 새로 뽑았네. 요즘 병원이 제대로 굴러가나 봐. 오늘까지 200 기다릴게."

"무슨 소리야. 주위에 새로 개업한 데가 한두 군데가 아니라서 타격이 크다고."

그는 기가 죽어서 나긋하게 말했다.

"그럼 맹한 애들 잡아끌어서 째고 꿰매. 열심히. 알았어?"

차 문을 박차고 나갔다. 차 문을 열어 둔 채로 골목을 빠져나갔다. 쾅, 쾅, 차 문 닫히는 소리가 등 뒤에서 부서졌다. 이유를 알 수 없게 화가 났다. 어금니처럼 누렇게 단단해진 껌을 길바닥에 투, 뱉고 몸을 틀었다. 재규어가 서 있는 골목 안쪽으로 다시 걸어 들어갔다. 차가 부르르 떨며 후진하다가 놀란 듯 멈췄다.

"요즘 환율 때문에 백 값이 다 올랐어. 300. 그 이하는 안 돼."

그는 단박에 어깨를 오므렸다. 쏜살같이 사방을 둘러보더니 차 안에 켜 놓은 라디오 볼륨을 높였다. 교통 상황을 알리는 여자 리포터의 쾌활한 음성이 울려 퍼졌다.

2009. 12. 22. 09:55

은비는 다시 골목을 걸어 나갔다.

*

사흘 전, 은재는 교실 책상 앞에 앉아 있었다. 줄의 맨 끝, 창가 쪽 자리였다. 조금 전 4교시 수업이 끝나는 종이 울렸다. 화학 선생이 나간 것을 확인하고, 의자에 걸쳐 놓은 커다란 배낭의 지퍼를 열었다. 손을 넣어서 가방 속을 뒤적거렸다. 책이나 공책 따위는 들어 있지 않았다. 휴대폰과 MP3만 들어 있는 헐렁한 가방이었다.

새 학기에 맞춰 큰누나가 사 준 책가방이었다. 큰누나는 어디서 들었는지 "요즘 남학생들 사이에서 이렇게 큰 가방 메는 게 유행이라며?"라고 말하며 뿌듯해했다. 동대문이나 보세 가게에서 사온 듯했다. 브랜드가 없는 가방이었다. 어차피 브랜드 따위엔 관심이 없었고, 지금껏 누나들이 사다 주는 옷이나 신발을 입고 신었다. 그게 무엇이든, 누나들이 사다 주는 대로 하고 다니는 데 익숙했다. 큰 가방 유행 지난 지가 조금 됐다는 밀도 굳이 하지 않았다.

휴대폰을 꺼내 들었다. 휴대폰 게임으로 들어가서 테트리스를 했다. 조각난 퍼즐을 맞추고 있는데 책상을 박차고 나온 남자애들이 창가로 우르르 몰려들었다. 그들은 어깨를 부비며 숙덕거렸다.

"야, 야, 최희진 들어간다!"

무리 중 한 명이 소리쳤다. 창밖 운동장에서 체육복을 입은 여학생들이 학교 건물 안으로 들어서는 중이었다. 그중 같은 반 몇몇 남자애들의 애를 끓이고 있는 여학생에 관해 얘기하는 듯했다. 은재는 무관심하게 앉아서 게임에만 몰입했다.

"야, 쟤는 형편도 어렵지 않으면서 웬 편의점 알바를 다 한대?"

"아메리칸식이라잖냐. 나중에 물려받을 때 받더라도, 충분히 경험을 쌓아 보자는 거겠지 뭐."

"예쁜 게 귀여운 짓만 골라서 하네."

"근데 쟤 젖탱이 말이야. 어쩐지 한 거 같지 않아? 걸을 때마가 불룩불룩 춤추는 게?"

"설마. 아빠가 딸 젖탱이까지 찢어 놓겠냐."

남학생들이 고개를 바깥으로 비죽비죽 내밀었다. 조금이라도 더 가까이서 보고 싶어 안달이었다. 창가에서 떨어지지 않고 수선을 떨었다. 그 바람에 은재의 책상이 자꾸 밀려났다. 의자와 의자에 붙여 놓은 몸도 밀려났다. 책상 의자에 걸쳐 둔 배낭이 바닥으로 툭 떨어졌다. 미간을 한껏 일그러뜨렸다.

"둘기, 꼽냐? 유행 지난 배낭 좀 떨어졌다고 지금 들이대는 거냐?"

무리 중 한 명이 은재에게 언성을 높였다. 주위의 다른 아이들이 낄낄거리며 창가에서 떨어져 나왔다.

어느새 운동장이 황량한 모래알만 드러내자, 죄다 급식 식당으로 몰려갔다. 그들을 따라나서지 않았다. 아침에 먹은 우유에 탄 시리얼이면 족했다. 시리얼도 큰누나가 먹고 가라고 성화를 부려서 억지로 먹은 것이었다. 식욕이 없었고, 왁자지껄한 식당에 앉아서 밥을 먹고 싶은 욕구도 없었다. 혼자서 멀뚱히 앉아 밥을 떠먹긴 싫었다. 이따금 누군가 "야, 야, 둘기 모이 먹는 거 봐라!"라고, 비아냥거리는 말도 듣고 싶지 않았다.

빈 교실에 앉아서 테트리스를 하는 동안 무언가 허전했다. 반복적으로 빠진 부분을 채워 넣고, 채운 부분을 쌓아 올리다 보면 살의에 가까운 충동이 엄습했다. 체내 세포들이 다 드러누운 듯이 무감했다. 자극이 필요했다. 집으로 돌아가고 싶었다. 학교 근처 PC방이어도 괜찮았다. 컴퓨터 앞에 앉아서, 온라인 게임에 접속하고 싶었다. 오로지 그 생각뿐이었다.

교실 안을 휘둘러보았다. 그리고 책상 의자에서 천천히 일어섰다. 휴대폰을 교복 바지 호주머니에 찔러 넣었다. MP3는 재킷 호주머니에 넣었다. 이어폰을 귀에 꽂고 음악을 틀었다. 벌어진 배낭 지퍼를 잠그고, 어깨에 멨다.

터덜터덜 교실을 나가다가 작대기를 들고 계단을 내려가려는 담임과 눈이 마주쳤다. 담임은 팬티 라인이 선명하게 두드러지는, 엉덩이가 꽉 조이는 스커트를 입고 있었다. 순간 담임이 어디 가는 거냐고 불러 세울까 봐 움찔했지만 그런 일은 일어나지 않았다. 담임은 한심하다는 듯이 고개를 저었다. 빤히 노려보다가 비죽 내민 검지를 까딱거렸다. 담임 앞으로 걸어갔다.

"또 시작이니?"

담임이 작대기로 은재의 등에 매달린 배낭을 툭 쳤다. 그러곤 또다시 고개를 저으며 계단을 내려갔다.

2009. 12. 22. 14:22

은재는 그대로 학교를 빠져나갔다.

*

사흘 전, 은영은 스물두 번째 면접을 본 유통 회사에서 나와 버스를 타고 압구정역에서 내렸다. 사방으로 한 건물에 하나씩 성형외과 간판이 걸려 있었다. 들어가서 상담이나 받아 볼까. 지금껏 그런 생각을 한 번도 해 본 적이 없었다. 자신의 얼굴이 아주 흡족한 건 아니지만, 그렇다고 뜯어고치고 싶지도 않았다. 그런 한심한 짓을 하기보단 미래를 위해 실력을 쌓고 노력하는 길이 최선이라고 여겨 왔다. 과연 그게 옳은 생각이었을까.

지하도를 건너서 백화점으로 향했다. 민우가 보내온 문자가 기억에서 되살아난 것이다. 같은 대학에 다니는 민우는 고등학교 때부터 취미로 골프를 쳤다. 민우의 부친이 새로 교체하기 전에 쓰던 골프채를 썩히기 아까워 시작했다고.

고심 끝에 엄마에게 전화를 걸었다. 엄마가 못다 한 꿈을 이루겠다고 홍콩의 딤섬 스쿨에 입학해서 이곳을 떠난 지 1년째였다. 딤섬 스쿨은 1년 과정이었다. 홍콩에서 요리 과정을 마치고 돌아오면 계획대로 집 근방에 딤섬 전문 식당을 차리겠다고 포부를 밝혔다. 정말로 그렇게 될진 확신할 수 없지만, 손꼽아 기다리던 그날이, 부모 대신 동생들을 돌보아야 하는 지긋지긋한 날들이 끝날 날도 머지않은 것이다.

요리 실습 중이어서 바쁜 엄마와 전화 통화로 골프용품을 사도 될지 상의했다. 그냥 사 버릴까 했지만 인터넷에서 대강 확인해 본 가격 때문에 도무지 그럴 수 없었다. 엄마는 조금 주저하는 투였다. 흔쾌히 허락하지도 못하고 단호하게 거절하지도 못했다. 그럴 형편이 되겠느냐고 하면서도, 꼭 필요한 거면 사야 할 텐데, 라고 걱정만 늘어놓았다. 그러곤 나중에 연락하겠다며 전화를 끊었다.

현대백화점으로 들어갔다. 여태 사치를 부려 본 적 없으니, 한 번쯤은 제 맘대로 해도 될 것 같았다. 집에서 가까운 갤러리아백화점이 있지만 그곳엔 스포츠용품을 판매하지 않았다. 현대백화점 에스컬레이터 상행선을 타고 문자함을 확인했다. 일주일 전 민우에게서 온 문자는 벌써 100번도 넘게 보고 또 봤다. 입가에 설핏 희미한 미소가 번졌다. 민우가 보낸 문자 한 통은 면접을 잘 보지 못해서 심란하던 마음을 위로해 주기에 충분했다.

—아마 네가 우리 단지에 산다면 카프 멤버들도 반대하지 않을 거야.^^ 기운 내!!

민우가 카프에 관한 얘기를 본격적으로 꺼낸 건 일주일 전 즈음이었다. 은영이 입사 면접을 본 결과가 좋지 않을 때였다. 시무룩해져 있는데 민우가 "내가 카프에 얘기해 볼까?"라고 운을 띄웠다. 카프 멤버 중에 취업 문제를 걱정하는 사람은 없었다. 대부분 부모가 경영하는 회사에 들어가거나 주위 인맥으로 입사를 결정하는 식이었다. 마냥 좋은 내색을 할 수는 없었지만, 그렇다고 딱 잘라 말할 필요도 없다고 생각했다.

스포츠용품 매장은 아동복 코너와 한 층에 있었다. 어른들 틈에 아이들 한두 명이 끼어서 까르륵 웃으며 지나고 있었다. 아이들은 하나같이 부모의 손을 뿌리치고 문구점으로 달려갔다. 문구점 앞에 놓인 자동으로 팔을 휘젓는 산타 인형의 수염이 회색으로 바래 있었다. 그 옆에선 쇼핑백을 들고 나오는 사람들끼리 부딪치며 인상을 찡그렸다.

문구점 앞을 지나서 통로를 걸었다. 조명 아래 골프용품들이 일렬로 늘어서 있었다. 골프용품은 어떤 게 좋은지 몰라서 같은 통로를 서너 번 왕복했다. 그러다 강아지 로고를 발견하고 걸음을 뚝 멈추었다.

MU매장 앞이었다. 진열대에서 빨간 골프채 가방을 보았다. 카프 멤버 여학생 중 한 명이 제 자동차 트렁크에 강아지 무늬가 박힌 골프 가방을 넣는 것을 얼핏 본 기억이 살아났다. 귀가 커다란 강아지가 골프채 가방에 콕 박혀 있었다. 조금 어리어리해 보이는 강아지였다. 도둑이 오면 한 번 짖어 대지도 못하게 생긴 강아지. 강아지의 동그란 눈매가 아무 품에나 폴짝 안겨 들 것처럼 천진하고 순해 보였다. 강아지가 품에 안겨 메마른 살갗을 핥아 줄 듯 웃고 있었다. 조만간 이 녀석과 함께 나들이 갈 생각을 하자 엷은 흥분감이 뺨으로 올라왔다.

"저걸로 주세요."

더 고민하지 않고 계산을 했다.

2009. 12. 22. 15:31

은영은 구입한 골프용품과 빨간색 가방을 들고 매장을 나왔다.

4

은비는 여성 전용 찜질방 동굴 속에서 눈을 떴다. 보편적으로 수면 시간은 오전부터 오후 네다섯 시까지였다. 집에선 그 시간이면 공사 소음 때문에 잠을 이룰 수 없었다. 어디 그뿐일까. 언니가 일찍 들어오는 날이면, 대낮에 퍼질러 잔다고 잔소리를 퍼부어 댔다. 택배 배달원, 재개발 조합원, 부동산 중개인, 신문 보급소 직원, 심지어 적십자 연체금을 받으러 오는 반장까지, 주로 오후에 방문자들이 몰려들었다. 그런 불편함으로부터 벗어나기 위해 대개 만 원을 지불하고 찜질방에 와서 잠을 자기 일쑤였다.

후줄근한 가운을 걸치고 1층으로 내려갔다. 휴대폰을 확인해 보니 부재중 전화가 네 통이었다. 모두 언니였다. 새로운 문자 한 통도 언니로부터 온 것이었다.

─통장에 돈 입금해 놨으니까 은재 담임 선물 좀 사 봐. 아무래도 선물 한 번 보내지 않았던 게 문제인 것 같아.

사물함을 열고 핸드백 속에서 타이레놀을 꺼냈다. 취기가 가시지 않았는지 두통이 엄습해 왔다. 공용 정수기 앞으로 가서 종이컵에 냉수를 부었다. 타이레놀 두 알을 삼키고 컴퓨터가 설치된 구석 통로로 걸어갔다. 인터넷을 사용하기 위해서 기계에 500원을 넣었다. 곧바로 인터넷 뱅킹을 확인해 보았다.

언니가 입금한 돈은 50만 원이었다. 은재 담임의 선물 비용이었다. "박은영, 도대체 이 돈으로 뭘 사라고." 은비는 혼잣말을 하며 비웃었다. 박은영이라는 이름으로 입금된 금액 아래로 최 원장의 이름으로도 돈이 입금돼 있었다. 300만 원이었다. 은비는 늘어지게 기지개를 켰다.

오늘은 누구와 저녁을 먹을까. 머리카락을 한 가닥 잡고 비비 꼬았다. 앉아 있는 회전의자를 한 바퀴 빙 돌렸다. 그리고 제일 먼저 지희에게 문자를 보냈다.

─나 좀 구출해 줘.

─무슨 일?

─오늘 멋지게 한판 때리자.

─헐, 여왕벌이랑 한바탕 해서 곤란 ㅠㅠ

지희는 한동안 집에서 잘 나오지 못했다. 마지막으로 만난 게 한 달 전이었다. 지금껏 이틀을 넘기도록 만나지 못한 건 처음이었다. 부모의 닦달과 구속이 만만치 않은가 보다. 그러지 않고서야 집구석에 틀어박혀 있을 지희가 아니었다. 하루도 술을 마시지 않으면 참지 못하는 친구였다. 할 수 없이 다른 누군가를 찾아, 전화번호 저장 목록을 체크했다.

목록에는 킹카 오빠만 열두 명이었다. 그들은 은비가 지껄인 대로 은비가 열아홉이라고 생각하는 멍청이들이었다. 어디서 어떤 방식으로 만났든, 돈 좀 쓸 줄 아는 기혼 남성들은 킹카 오빠라고 저장돼 있었다. 제법 나이가 들어 뵈는 남자들에게 처음 전화번호를 받을 땐 으레 킹카 오빠라고 입력했다. 손가락 끝으로 휴대폰 자판을 누를 때면 옆에 선 나이 지긋한 남자들이 대놓고 휴대폰 액정을 쳐다보기 일쑤였다. 킹카 오빠라고 입력되면 그들은 하나같이 멋쩍은 듯 흐뭇하게 웃었다.

열두 명의 킹카 오빠들 중 제일 만만한 게 최 원장이었다. 그의 휴대폰 번호를 눌러 보았다. 근무시간만 아니면 그게 언제든 곧장 달려 나오는 사람이었지만 최근엔 사정이 달라졌다. 그가 회피하고 있는 것이다. 예상대로 그는 전화를 받지 않았다. 다시 한 번 걸었다. 며칠째 그가 전화를 무시하고 있었다. 돈만 보내 놓고 전화를 받지 않는다는 것은 불 보듯 빤했다. 더 이상 돈을 주기가 싫어진 것이다. 만나기 싫다는 의중을 노골적으로 드러내는 것이다. 화가 치밀었다. 긴 신호 음 끝에 음성 메시지로 들어갔다.

"내가 500이라고 하지 않았어? 왜 멋대로 깎아서 보내고 난리야. 지금 당장 나머지 안 부치면, 내가 오늘 저녁엔 병원이 아니라 집까지 쫓아갈 테니까 알아서 해."

까랑까랑한 음성을 밀어 넣고 별표를 힘껏 눌렀다.

홧김에 "개새끼들."이라고 중얼거리곤 식당으로 들어가려던 참이었다. 휴대폰 문자 알림 벨이 울렸다. 또다시 언니에게서 온 문자였다. 은재 담임의 주소가 찍혀 있었다. 은재 담임의 주소 외엔 아무 글자도 찍혀 있지 않았다.

2009. 12. 22. 16:41

은비는 분당구로 시작되는 액정 속의 주소를 뚫어지게 바라보았다.

*

은재는 헤드셋을 끼고 컴퓨터 앞에 앉아 온라인 게임을 하고 있었다. L게임의 파티 사냥 중이었다. 여섯 명으로 조를 짠 멤버들은 몬스터와 맞서 싸우고 있었다. 레벨이 가장 높은 데스나이드기 앞장섰다. 데스나이트는 몬스터를 향해 거듭 칼을 휘둘렀다. 몬스터가 반쯤 죽어 가고 있을 때 데스가 은재에게 당장 치라는 신호를 보내왔다. 몬스터를 죽일 절호의 기회였다. 주저하지 않고 칼을 휘둘렀다. 몬스터가 좌우로 휘청거렸다. 몬스터의 외피를 뚫고 불꽃같은 피가 터져 나온다. 발바닥에서부터 야릇한 전율이 등골을 타고 올라선다. 곧 레벨이 올라갈 것이었다. 서너 번만 더 칼을 휘두르면 몬스터는 피를 뿜어내며 죽어 나자빠지고 만다. 자판을 누르는 손가락이 칼처럼 단단해지고 있었다.

마저 칼을 휘두르는데 초인종이 울렸다. 미처 엔터키를 누르지 못했다. 큰누나나 작은누나라면 각자 집 열쇠를 소지하고 있으므로 초인종을 누르지 않았다. 주저하는 사이 데스가 몬스터를 제거했다. 마우스를 부서트릴 것처럼 움켜쥐었다. 오늘만 벌써 세 번째 방문자였다.

인주였다. 한 달 전까진 그저 옆집 607호 여자로 인식됐던 인주. 그녀는 여느 때처럼 손에 베이비 인터폰을 들고 집으로 들어섰다. 당연하다는 듯이 "집에 아무도 없지?" 말하며 현관 앞에서 신고 온 로퍼를 벗어 던졌다.

인주와 함께 방으로 들어갔다. 인주가 침대 위에 베이비 인터폰을 내려놓았다. 은재는 게임 화면을 내리려고 등을 돌렸다. 그녀가 등 뒤에서 팔을 부드럽게 감쌌다. 몬스터를 죽이기 위해 칼끝처럼 긴장돼 있던 몸이 느슨하게 허물어져 내렸다.

인주가 침대에 벌러덩 누워서 입고 있던 옷을 훌훌 벗어 던지고 있는데, 초인종이 울렸다. 냅다 창가 쪽으로 가서 귀를 댔다. 숨을 죽였다. 집 안에 누군가 있는 기척을 흘려선 곤란했다. 현관문 앞에 모인 사람들의 말소리가 들려왔다. 오래된 아파트의 벽은 그런 미세한 소리들을 차단하지 못했다.

"아이, 경비원이 이 집 남자애가 들어가는 걸 분명 봤는데."

"잘못 본 거 아니에요?"

"아니라니까, 경비원이 하는 일도 없이 거저 돈 받겠어요?"

"아까도 없었잖아요."

"아이 참, 이번엔 분명하다니깐."

초인종이 다시 울렸다.

부동산 중개인과 일행들인 것 같았다. 같은 아파트 단지에서 강변 쪽 아파트들은 재개발이 확정되었다. 그에 힘입어 다른 동들도 재개발에 박차를 가하고 있었다. 이 동도 무관하지 않았다. 재개발 조합원들이 사인을 받기 위해 방문하는 일이 허다했다. 찬성 사인을 받기 위한 것이었다. 최근 들어선 집을 보겠다는 사람들의 방문도 잦아졌다. 모두 32평형 집을 사고 싶어서 집을 보겠다고 찾아오는 사람들이었다. 그때마다 현관문을 열어 주지 않았다. 이 집은 부동산에 내놓은 적이 없는 집이었다

"어머머!"

바깥에서 불쾌한 탄성이 터졌다.

"아이, 이놈의 비둘기들! 저리 못 가!"

“어쩜 사람을 두려워하지 않아요, 쟤들은?”

“이 아파트 단지 비둘기들이 좀 그래요. 워이, 워이!”

불쾌함과 두려움 섞인 목소리들이 웅성거렸다.

툭툭, 나무 막대로 벽을 치는 소리가 들렸다. 현관문 앞에 내놓은 부러진 식탁 의자 다리일 것이었다. 피둥피둥하게 살이 오른 비둘기들에게 겁을 주려는 것이겠지만 소용없었을 것이다. 으악! 소스라치듯 놀라 비명을 터뜨린 건 비둘기가 아닌 사람이었다.

인주가 손으로 입을 가리고 키득거렸다. 퍽이나 재밌다는 듯이. 비명이 무척 컸던 것이다. 그 바람에 607호 아기가 깼는지 울음을 터뜨렸다.

“아이고, 더러운 쥐새끼들! 저게 날아다닐 뿐이지 영락없는 쥐새끼들이라니까요.”

방금 들려온 여자 목소리는 귀에 익었다. 갤러리아백화점 건너편에 있는 부동산의 중개인이 틀림없었다. 하굣길에 경비원이 다녀갔다고 전해 준 황금부동산. 그 여자는 이 집에 가장 눈독을 들이고 있는 사람이었다. 집을 팔 생각이 없다고 재차 말했는데도 포기하지 않았다. 지독하기로 친다면 근방 부동산 중개인들 중 최고라 해도 과언이 아니었다.

“어쩌다 이 좋은 동네에 저런 것들이 모여들었는지 아세요? 그만큼 여기에 버려진 음식물이 많기 때문이에요. 먹다 버린 음식이 쏠쏠하니까, 개들도 먹고 살겠다고 모여들었겠지만 주민들 원성이 이만저만 아니에요. 바퀴벌레나 쥐야 살 충제 뿌리고 덫을 놔서 잡는다지만, 평화의 상징이었던 저것들을 어찌 처치하겠어요. 안 그래요? 아이고, 이 질긴 것들 보세요. 아까 쫓아냈는데도 저렇게 다시 오잖아요. 저것들도 다 눈치가 빨해서 그렇다니까요.”

그사이 아기의 울음소리는 귀청이 떨어질 것처럼 커졌다. 가까운 소리였다. 은재는 제 침대 위에 놓인 베이비 인터폰을 보았다. 베이비 인터폰 스피커에서 새어 나오는 소리. 물론 벽 너머에서 들려오는 소리일 수도 있었다. 인주가 입술을 씹으며 베이비 인터폰의 오프 버튼을 조심스럽게 눌렀다. 마음이 급해졌는지, 바닥에 던져 놓은 옷가지를 꿰어 입었다.

포기했는지 부동산 중개인과 일행들이 복도를 걸어 나갔다. 창밖에서 “근데 이 집 안 내놨다면서요?” 우려 섞인 말과 “조만간 틀림없이 나오는 데라니까요.”라는 확신에 찬 말이 오갔다.

인주가 주저하지 않고 제 집으로 돌아갔다. 현관문이 삐걱 열리더니 쿵 닫혔다. 그 파동에 의해 책상 위에 넘어져 있던 베이비 인터폰이 바닥으로 떨어졌다. 그녀가 흘리고 간 베이비 인터폰을 발로 쓱 치웠다. 시끄러운 베이비 인터폰이 침대 밑으로 들어가 보이지 않도록. 발치에서 강렬한 살의가 솟구쳤다.

다시 게임이나 하려고, 게임 사이트에 로그인을 했다. 곧바로 신경을 자극하는 초인종 소리가 또 다시 울렸다. 헤드셋 바깥에서 연거푸 울리는 초인종. 은재는 헤드셋을 벗지 않았다. 초인종이 계속 울리다가 조용해졌다.

이번엔 현관문을 쿵쿵 두들겼다. 잠시 후 복도에서 울리는 뚜벅뚜벅 발걸음 소리가 점차 은재의 방 쪽으로 가까워졌다. 숨을 죽였다. 창문에 가뭇한 그림자가 어리는가 싶더니 와락 짙어졌다. 쾅쾅. 아파트 복도 쪽으로 난 은재의 방 창문이 덜컹거렸다. 마우스에 올려놓은 손이 얼어붙었다. 창문이 열리고 그 틈새로 종잇장처럼 얇게 바람이 새어 들었다. 날아가듯 달려가서 창문을 부여잡았다.

"안에 있는 거 다 아니까 어서 문 열어."

은재는 창틀을 꼭 붙잡았다. 손가락 한 개 들이밀 수 있을 정도로 조금 열린 창이 그대로 움직이지 않았다. 창을 열려고 시도했던 사람의 얼굴은 보이지 않았다. 불투명한 유리창으로 그림자만 드리워 있을 뿐이었다. 그림자의 정체는 알 수 없었다. 창틀을 잡은 손에 힘을 가하자 창문이 별 어려움 없이 닫혔다. 먼저 창에서 손을 뗀 건 창밖의 그림자였다.

창틀에서 손을 뗄 수 없었다. 창틀의 작은 손잡이가 달린 고리를 안쪽으로 쑥 밀어 넣었다. 구식 잠금장치였다. 잠금장치가 꽉 들어맞지 않고 자꾸 헛돌아 갔다.

현관 문고리가 삐걱 돌아가는 소리에 놀라고 말았다. 창틀을 잡은 손이 아래로 떨어졌다. 옆집 여자가 돌아간 후에

문을 잠그지 않았던 것이 퍼뜩 떠올랐다. 문 잠그는 것을 잊고 있었다. 설마 누군가 허락도 없이 현관문을 열 리는 없겠지만 먼저 확인을 해 보아야 했다. 방을 뛰쳐나갔다.

현관문이 반쯤 열려 있었다. 그 뒤에서 시멘트빛 바바리깃이 드러났다. 은재가 신발장 앞에 서서 선뜻 현관문을 닫지도 열지도 못하고 갈팡질팡하는 사이, 땅딸막한 사내가 열린 문틈으로 집 안을 노려보고 있었다.

은재는 본능적으로 현관문을 걷어차듯 밀었다. 그 바람에 현관문 앞에 서 있던 사내가 문에 부딪혀 뒤로 꽈당 넘어졌다. 반동에 의해 문이 다시 닫히려다가 말았다. 문틈을 응시했다. 앞머리가 벗어진 사내가 문을 잡은 채로 엉덩이를 툴툴 털면서 일어섰다. 나이가 족히 쉰은 되어 보였다. 아니, 그보다 더 들어 보이기도 했다. 한 번도 본 적 없는 낯선 사람이었다.

2009. 12. 22. 18:52

은재 앞에 서 있던 낯선 사내가 문틈으로 검은색 구두코를 디밀었다.

*

은영은 골프채가 든 가방을 어깨에 메고 단지를 걸었다. 아파트 출입구 앞에 이르렀을 때 주차 라인에 경찰차 한 대가 서 있었다. 무슨 일인가 싶어서 목을 빼고 경찰차를 보았다. 운전석에 제복을 입은 젊은 경찰이 아파트 위쪽을 보고 있었다.

그의 시선을 따라가 보았다. 6층 가장자리에 위치한 자신의 집. 어깨에 메고 있던 골프 가방이 어깨 아래로 흘러내렸다. 가방끈을 다시 잡아 올렸다. 608호 현관문은 꼭 닫혀 있었다.

늙은 경비원이 면장갑을 끼고 아파트 앞에 떨어진 나뭇잎을 느긋한 손놀림으로 수거하고 있었다. 집을 보러 오는 사람들에게 좋은 인상을 심어 주려면 아파트 주변의 청결에 신경을 써야 했다. 주민들이 예민하기 때문에 틈틈이 청소하는 시늉이라도 해야만 했다.

반쯤 헐렁하게 채워진 포대 자루를 흔들며 걷는 경비원에게 다가갔다. 눈짓으로 경찰차를 가리키며 경비원에게 물었다.

“무슨 일, 있어요?”

“아니, 조금 전부터 그냥 서 있더라고. 무슨 일이냐고 물어보니까, 별일 아니라네.”

치안 문제라면 이 아파트는 안전하다고 생각해 왔다. 현관에서 대각선 위치에 세워진 감시 카메라를 신뢰하는 눈빛으로 바라보았다.

골프 가방은 경비실 초소에 맡겼다. 집에 두고 오면 좋겠지만, 이미 약속 시간에 늦은 상태였다. 민우의 모친은 과외비를 섭섭지 않게 주는 대신 과외 시간을 준수하길 당부해 왔다. 과외를 받는 민우의 여동생은 은영이 맡은 수업 시간이 끝나는 동시에 또 다른 과외를 받아야 했다. 은영이 늦으면 그다음 과외 선생이 기다리는 난처한 경우가 발생했다.

계속할 수 있는 일이 아니라는 생각엔 변함이 없지만, 당장은 과외를 그만둘 수 없었다. 정식으로 취직이 될 때까지는 버텨야 했다. 아파트 모퉁이를 돌아서 놀이터 앞을 지나다가 거실 쪽 베란다를 뒤돌아보았다. 6층 오른편 맨 끝이 은영의 집이었다. 거실 창 올리브색 커튼이 활짝 걷혀 있었다. 지상에서 올려다보는 그곳에선 아무것도 보이지 않았다.

"608호!"

등 뒤에서 누군가 소리쳤다. 뒤돌아보니 88부동산 중개인과 교복을 입은 여학생이 서 있었다.

"엇갈리지 않아서 다행이네. 아, 여기 학생이랑은 초면이지? 왜 608호로 주소 이전해 놓은 여학생이야."

은영은 여학생의 얼굴을 본 적이 없었다. 여학생뿐 아니라 여학생과 함께 주소 이전을 해 놓은 여학생의 모친 얼굴도 볼 일이 없었다. 부동산에 의뢰하면 되는 일이었다. 학군이 좋은 이곳으로 위장 전학을 하기 위해 부동산 리스트에 올라 있는 학생과 가족들을 이 집 주소로 이전하도록 협조하면 되었다. 협조해 주는 대가로 150만 원을 받을 수 있었다.

150만 원은 이 일대의 주소 이전 비용으로 측정된 가격이었다. 그것으로 생활비를 충당해 왔다. 주소 이전을 한 가족과는 우연히 마주칠 일도 없었다.

"그런데 왜요?"

경계심을 높이며 은영이 물었다.

"미안한 부탁 한 가지만 할게. 여기 학생이 사진을 찍어야 한다네."

"사진이라뇨?"

"숙제 중에 집에서, 집에서 사진을 찍어 가야 하는 숙제가 있나 봐."

"지금은 곤란한데."

부동산 중개인 옆에 서 있는 여학생이 고개를 들지 못했다. 여학생의 얼굴은 굳이 보고 싶지 않았다. 중개인이 야속하다는 듯이 은영을 쳐다보았다.

두 개 동을 지나서 강변 쪽의 43동을 향해 걸었다. 아파트 사이 도로엔 자동차들이 불법 주차되어 있었다. 해가 기울고 땅거미가 짙어지면, 이중 주차하는 차량이 넘쳐났다. 갤러리아백화점 측에서 주민들을 위해 백화점 폐장 이후 시간부터 백화점 주차장을 개방했지만 소용없었다. 한 집당 한 대의 자동차를 주차할 수 있도록 1970년대에 지은 아파트엔 주차 공간이 턱없이 부족했다. 대부분의 집들은 한 가구당 두세 대의 차를 소유하고 있었다. 43동에 사는 민우네 집은 식구 숫자대로 넉 대였다. 아파트 단지 내에 그런 집이 한둘이 아니었다.

일렬로 서 있는 자동차 번호들을 무성의하게 하나씩 바라보며 방향을 틀었다. 43동 앞에서 지나가던 경찰차가 정면에 섰다. 경찰차의 차창이 내려갔다. 아까 아파트 출입구 앞에서 보았던 경찰차였다. 운전석에 앉아 있던 젊은 경찰이 어색하게 웃어 보였다.

"608호시죠?"

"네?"

"안녕히 가세요."

출입구 머리에 43이라는 숫자를 보고 다시 경찰 쪽으로 시선을 옮겼다. 젊은 경찰은 대답할 겨를도 주지 않고 차를 몰고 떠났다. 멀어져 가는 경찰차를 물끄러미 바라보았다. 이 동네를 관할하는 경찰이겠지만 초면인데 자신이 608호에 사는 것을 알고 있다는 사실이 쉽게 받아들여지지 않았다. 반가울 리도 만무했다. 이 아파트 단지만 해도 608호는 한두 채가 아니었다.

2009. 12. 22. 18:29

은영은 과외 시간에 더 늦지 않으려고 43동 안으로 황급히 들어갔다.

5

은비는 젖은 머리카락을 털며 루이뷔통 매장 지하 1층으로 내려갔다. 언니의 말이 아예 틀리진 않을 것이다. 은재는 1년이나 더 학교를 다녀야 한다. 학업 성적이 엉망인 건 물론이고, 가까운 친구 한 명 없는 것 같았다. 며칠 전 언니가 은재 담임의 호출에 부랴부랴 학교로 쫓아갔다. 은재의 담임은 은재를 문제아라고 잘라서 말했다. 골치 아픈 문제아. 오늘도 언니는 은재의 담임에게 전화를 받았다. 무단 결석을 한 것이었다.

언니가 은비의 통장에 50만 원을 입금한 것도 그 문제를 해결하기 위해서였다. 자신에겐 코웃음 나는 하찮은 액수지만 언니에겐 큰 액수라는 것을 모르지 않았다. 언니는 그만큼의 돈을 지불하고 자신의 옷 한 벌도 사 본 적이 없었다.

평소엔 동대문이나 인터넷 쇼핑몰을 이용했다. 그것조차 드문 일이었다. 입사 면접 때 입을 옷조차 굳이 아울렛 거리에 가서 사 왔다. 돈에 관해서라면 짜고 인색한 언니였다.

언니가 보내 준 금액으로 지갑 정도는 살 수 있었다. 물론 그것으론 티도 나지 않을 게 분명했다. 지희의 엄마는 매해 새 학기가 되면 새 담임의 선물을 사기 위해서 싱가포르나 홍콩을 다녀온다. 한국보다 가격이 훨씬 싸기 때문이다. 그곳에서 선생들이 좋아하는 악어가죽 백을 구입하면, 항공료와 호텔 숙박비가 다 빠지고도, 쇼핑을 즐길 수 있다고 했다. 그런 학부모가 어디 한두 명이겠는가.

지하 1층으로 내려가자 지희가 있었다. 아주 커다란 트렁크 두 개를 놓고 고민하는 눈치였다. 모노그램과 다미에. 직원이 지희 옆에 바짝 붙어 있었다. 혹시 여왕벌과 함께 온 게 아닌가 싶어서 목을 내밀고 주위를 살폈다.

"어머님은 안녕하시죠?"

직원이 알은체하며 지희에게 말을 걸었다. 지희는 대답 대신 찡긋 웃어 보였다. 이럴 때 보면 도도하고 거만한 포즈가 제 엄마와 판박이였다.

"유지희!"

지희의 모친이 동행하지 않은 것을 확인하고 지희를 불렀다. 오랜만이라 그런지 더 반가웠다. 지희도 손을 들고 휘저었다.

“어디 가게?”

나란히 놓인 트렁크 두 개를 눈짓으로 가리켰다.

“응…… 답답해서 조만간 여행이나 갈까 하고. 넌 웬일이야?”

“어쩌지? 언니가 은재 담임 선물 사 오라는데?”

이런 문제라면 자신보다 지희가 더 잘 알지도 모른다고 생각했다. 지희가 무심한 눈길로 사방을 훑어보더니 검지를 꼿꼿이 세웠다.

“저거요.”

“손님, 회색 토트백보단 그 옆에 있는 와인색 에나멜이 더 괜찮을 거 같은데요. 젊은 분들은 저걸 많이 사 가시거든요.”

직원이 끼어들었다.

“애가 할 거 아니에요. 선물할 거예요.”

“아, 그러세요.”

직원은 진열대 쪽으로 걸어갔다. 하얀 면장갑을 끼고 회색 양가죽 백을 꺼내서 쇼케이스에 올려 두고 백 안쪽을 보여 주기 위해 지퍼를 열었다. 직원의 얼굴엔 불신 어린 미소가 이내 지워지지 않았다. 알고 있다. 자신은 제 집 드나들 듯 찾아오는 지희도 아니고, 이곳의 특별 고객인 모친을 둔 것도 아니다. 내키는 대로 부모의 카드를 긁어 대지도 못했다. 직원은 고가의 백을 살 수 없을 거라고 확신하는 듯했다. 그

까닭에 걷잡을 수 없이 기분이 상했다.

"됐어요. 그걸로 주세요."

계획에 없던 충동이 솟구쳤다. 직원이 멈칫거렸다. 백 안쪽을 확인하지도 않고 카드를 내밀었다. 통장과 연결된 직불 카드였다. 통장에는 언니가 입금한 돈과 최 원장이 입금한 돈이 들어 있었다. 계획했던 선물 비용보다 다섯 배나 초과될 형편이었다. 언니가 준 돈에서 조금 더 보탤 마음은 있었지만 이 정도는 아니었다. 두 눈을 불안정하게 깜빡거리면서도 결심을 바꾸지 않았다.

"일시불로요."

직원이 백을 들고 안쪽 창고로 들어갔다. 포장이 되길 기다리는 동안 매장 안을 돌아다니며 구경했다. 지희는 여전히 트렁크 두 개를 놓고 고민했다. 모노그램이냐, 다미에냐.

"손님, 손님⋯⋯."

커피색 상자를 들고 있는 직원을 올려다보았다.

"여기서 직접 보내 주세요."

"받으실 분의 주소를 적어 주시면 저희 쪽에서 보내 드릴게요."

기입할 주소지에 대한 질문은 삼갔다. 피차 묻거나 대답할 필요가 없는 상황이었다. 매장에서 그 주소로 직접 보내 준다. 보편적으로 백 안쪽 바닥에 봉투를 슬그머니 올려 두는 게 관례였다. 직원에게 볼펜을 건네받았다. 휴대폰으로 문자를 체크했다. 언니가 보낸 은재 담임의 주소를 찾았다. 루이뷔통 로고가 들어간 메모지에 분당에 사는 은재 담임의 집 주소를 휘갈겼다.

지희는 고심 끝에 결정을 내렸다.

"역시 난 클래식한 쪽에 더 끌려."

지희가 계산을 하는 동안 은비는 매장을 둘러보다가 계단 옆에 진열된 여행용 트렁크를 발견했다. 한여름 나뭇잎처럼 싱그러운 연두색. 지난여름에 지희네 용평 콘도로 놀러 갔을 때, 지희도 같은 모노그램 트렁크를 끌고 나타났다. 그건 오늘 새로 구입한 것보다 훨씬 작은 크기였다.

방금 발견한 트렁크는 지희가 고른 것과 디자인은 같지만 그보다 훨씬 눈에 띄는 에나멜 재질에 톡 튀는 색깔이었다. 예쁜 트렁크를 보자 어디론가 떠나고 싶었다. 정말로 이 지긋지긋한 곳을 떠나고 싶었다. 그러려면 트렁크가 필요했다. 평소 들고 다니는 백이야 많지만 죄다 옷 한 벌 들어가지 않는 크기였다. 50센티미터. 그 크기면 충분했다. 바리바리 싸고 싶은 짐도 없었다. 빛나는 연두색 에나멜 트렁크를 지그시 바라보았다.

"왜 저번에 네가 여행 가자고 했잖아. 이번 주에 휙 날아버릴까?"

"……그러든지."

지희가 말끝을 흐리며 어색한 미소를 지었다. 은비는 짝

손뼉을 쳤다. 방금 전 은재의 담임 선물을 샀던 탓에 통장 잔액은 트렁크를 살 만큼 남아 있지 않았다. 과연 누구한테 사 달라고 하는 게 좋을까. 머리카락 한 가닥을 손가락 사이에 잡고 빙글빙글 돌렸다. 킹카 오빠 열두 명의 이름들이 날렵하게 머릿속을 스쳐 지나갔다.

"저것도 주세요."

옆에 서 있던 지희가 직원에게 말했다. 은비의 입술이 조금 벌어졌다. 부러움에 찬 눈길로 지희를 바라보았다. 지희가 환하게 웃어 보였다.

"선물이야. 크리스마스 선물."

지희가 부모에게서 받아 쓰는 카드를 직원에게 내밀었다.

2009. 12. 22. 18:35

은비는 트렁크의 깜찍한 빛깔에 반해서 가슴에 두 손을 모았다.

*

은재는 사내를 쳐다보며 뒷걸음쳤다. 순간, 현관문을 붙들고 선 그의 흐리멍덩하던 눈의 초점이 한데로 모아졌다. 그는 시멘트빛 바바리 사이에서 불룩하게 출렁이는 배를 들이밀었다. 무언가 결심을 끝낸 것처럼 물러서지 않을 기세였다.

그를 가로막고 섰다. 작은 키, 살점 없는 체구에 배만 불룩한, 각진 턱의 중년 남자다. 아무리 뜯어봐도 오가다 마주친 기억도 없는 사람이었다. 처음 보는 사람이었다.

"박은비, 있어?"

그가 반말을 찍 갈겼다. 누구인지 확실치 않으나 작은누나의 이름을 명확히 발음하고 있었다. 작은누나를 찾는 것이다. 중년 남자가 작은누나를 찾을 만한 이유를 짐작할 수 없었다. 게다가 집까지 쫓아와서. 혹시 형사인가? 작은누나가 무슨 사고라도 친 것일까? 정중하게 고개를 가로저었다.

"고등학교에 다니는 그 남동생인가 보군."

"네."

"듣던 대로군."

사내가 씨익 웃었다. 은재는 뒤로 한 발짝 물러섰다. 왠지 그래야만 할 것 같아서 시선을 내리깔았다. 작은누나가 신고 다니는 금색 굽이 뾰족한 킬 힐이 모로 쓰러져 있었다. 그는 킬 힐을 어물쩍 피하며 현관 안으로 들어섰다.

"은비한테 전화 좀 해 봐. 몇 번을 해 봤는데 받질 않더라고."

그를 현관문 앞에 세워 두고 거실로 갔다. 무선전화기를 집어 들었다. 작은누나의 휴대폰 번호를 눌러야 했다. 휴대폰 번호 끝의 네 자리가 헷갈려서 오프와 온 버튼을 번갈아 눌렀다. 작은누나는 얼마 전 새로 선물받은 신형 휴대폰을 흔들면서 앞자리가 집 전화번호랑 똑같다며 으스댔다. 뒷자리는 매번 같았다. 6개월에 한 번은 전화번호 앞자리를 바꿨다. 그때마다 번호를 일러 줬지만 외워 두지 않았다. 그럴 필요를 느끼지 못해서 번호조차 입력해 두지 않았다. 작은누나가 했던 말을 겨우겨우 떠올리며 전화를 걸었다. 휴대폰은 신호 음이 울리지 않고 곧바로 음성 서비스로 넘어갔다.

"전화를 안 받는데요. 꺼져 있어요."

"기어이 사고를 치려나 보군."

그가 손에 쥔 쇼핑백을 신발장 옆에 슬그머니 내려놨다. 빨간 리본이 그려져 있는 백화점 쇼핑백이었다. 그는 씨근덕거리며 구두를 벗었다. 광이 난 구두를 벗는 순간 그의 얼굴에 언뜻 살기가 스치고 지났다.

사내는 당당하게 집 안으로 들어서더니, 직접 집 전화로 작은누나에게 전화를 해 보겠다며 손을 내밀었다. 거짓말한다고 의심하는 눈치였다. 얼떨결에 무선전화기를 그에게 건넸다.

그는 전화기를 귀에 댄 채 다른 손의 엄지손톱 끝을 물어뜯었다. 열 개의 손톱 끝이 뭉그러져 있었다. 온전한 손톱은 단 한 개도 없었다.

숱이 적은 그의 뒤통수를 보고 있는데 뭔가 이상했다. 이렇게까지 무례하게 나올 순 없었다. 그는 아직 신분증도 보여 주지 않았다. 작은누나를 찾는 경위도 설명하지 않았다.

그가 무선전화기를 본체 위에 세게 내리꽂았다. 무언가에 쫓기듯 다급하고 불안해 보였다.

"씨팔! 이년을 어떻게 잡지?"

그가 말한 '년'은 작은누나였다. 두 다리에 힘이 스륵 풀렸다. 사내는 형사가 아니다. 결코 아니다. 그렇다면 먼저 그가 누구인지 알아야 했다. 그가 집에 들어와 있으므로, 가족 외엔 그 누구도 함부로 들어올 수 없는 집에 들어왔으므로. 그는 허락도 없이 타인의 집을 침범한 것이었다.

"누구시죠?"

"알 거 없어."

그가 코트를 벗어 던지고 소파에 앉았다. 목에 감긴 버버리 체크무늬 목도리도 빼서는 코트 위에 올려 두었다. 이 남자는 누구인가. 적어도 깡패는 아닌 것 같았다. 차림새나 인상이 그다지 험악하진 않았다. 중산층 정도의 삶을 유지하는 50대 중년 남자의 분위기를 풍겼다. 아파트 단지에서 이와 비슷한 분위기의 남자를 보기란 어렵지 않았다. 그가 은재를 의식하며 힐끔힐끔 쳐다보았다.

"거, 내가 같은 남자로서 충고 하나 하지. 방에만 틀어박혀 있지 말고, 밖으로 좀 돌아. 자고로 남자는 젊으나 늙으나 밖으로 돌아야지. 좁아터진 방에 틀어박혀 있어서 세상사 해결되는 건 하나 없다고."

그의 목소리가 한층 누그러졌다. 인생 설교를 하는 자 특

유의 여유와 오만함이 묻어 있는 말투. 은재는 대꾸하지 않았다. 제 방으로 들어가서 방문을 닫아야 할지, 거실에 서서 그를 지켜봐야 할지 망설이며 발가락을 꼼지락거렸다.

사내의 어깨 너머로 콘솔 위에 놓인 가족사진이 시야에 들어왔다. 이 집으로 이사 온 것을 기념하기 위해서 아파트 단지 잎 사진관에서 찍었던 가족사신. 사진 속, 나란히 앉은 엄마와 아빠 뒤로 두 누나 사이에 서 있는 자신의 표정을 읽을 수 없었다. 그저, 무표정했다.

"난 은비를 좀 보고 가야 하니까, 학생은 학생 하던 일이나 해."

그는 언성을 높이지 않고 유들유들하게 말했다. 이 집에 들어올 권리라도 부여받은 사람처럼 모든 행동이 자연스러웠다. 이 집 가족의 일원이라도 된 듯했다. 그는 염탐하는 눈길로 집 구석구석을 면밀히 살펴보기까지 했다.

사내를 감시하길 관두고 방으로 들어갔다. 버럭 짜증이 나서 문을 세게 닫았다. 언젠가 작은누나가 사고를 치리라는 건 예감하고 있었다. 밤새도록 쏘다닐 때부터 알아봤다. 걸핏하면 남자들이 외제 차를 몰고 집 앞으로 찾아오고, 외박을 하고, 담배 냄새에 찌들어 만취 상태로 들어오기 일쑤였나. 대학노 다니지 않고, 쥐직도 하지 않고, 그렇다고 아르바이트도 하지 않는 주제에, 어디서 구했는지 명품 가방을 달랑거리며 다녔다.

어느 날 새벽에 귀가하는 작은누나를 큰누나가 가로막고 섰던 적이 있었다. 큰누나는 한동안 작은누나의 불순한 행실에 불만을 품고 벼르던 참이었다. 큰누나가 술에 취한 작은누나의 손에서 자그마한 은색 악어가죽 백을 휙 낚아챘다. 엄마를 대신해서 가계를 책임지고 있는 큰누나가 작은누나에게 주는 용돈은 뻔했다. 겨우 교통비만 충당할 수 있는 정도였다.

"이게 뭐야?"

큰누나가 작은누나를 다그쳤다.

"뭐긴 뭐야. 낸시 곤잘레스잖아."

"낸시 곤잘레스가 도대체 뭔데?"

"아이고, 우리 순둥이. 요즘 할리우드의 잇백이잖아."

"그러니까 네가 이런 걸 어디서 구한 거냐고. 일도 안 하잖아. 너, 이런 돈 어디서 난 거야?"

작은누나는 잠깐 당혹스러워하는 기색이었다. 그러나 악어가죽 빛깔처럼 반짝반짝한 눈빛으로 생글거리며 인터넷에서 구입한 짝퉁이라고 응수했다. 큰누나는 별로 의심하는 눈치가 아니었다. 집에 있을 땐 내리 패션에 관한 케이블 방송을 보거나 인터넷 쇼핑을 하거나 전화질을 하며 시간을 보내는 작은누나였으니까.

은재는 방 바깥에 관심을 끄고 컴퓨터 책상 앞에 앉았다. 그 순간 현관문 열리는 소리가 들렸다. 잇따라 자신을 부르는 까랑까랑한 작은누나의 목소리가 들려왔다. 작은누나는 은재의 방문을 두들겼다. 은재는 걸어 잠근 방문을 열어 주지 않았다. 어차피 작은누나 스스로 해결할 일이었다. 제 손바닥과 포개진 마우스를 움직였다. 방문이 덜컹거렸다. 작은누나는 분에 못 이겨 고래고래 악을 쓰고 있었다.

2009. 12. 22. 19:14

은재는 온라인 게임에 접속했다.

*

은영은 민우네 집 현관 앞에서 초인종을 눌렀다. 현관문을 열어 준 건 그 집 가정부였다. 신발을 벗으며 공연히 시간을 끌었다. 신발장 안에 세워져 있을 골프 가방이 문득 궁금했다. 언젠가 이 집의 안주인인 민우의 모친이 신발장에서 골프 가방을 꺼내 외출하는 것을 스치듯 본 기억이 남아 있었다. 그 가방의 브랜드가 무엇인지, 어떤 색깔인지는 자세히 보지 못했다. 그땐 자신이 골프용품에 관심을 갖게 되리라곤 주호도 생각지 못했다.

방문을 열고 수업 받을 여고생 방으로 들어갔다. 민우의 여동생 민아의 방이었다. 방은 온통 핑크빛이었다. 퀸 사이즈 침대 위의 이불보도, 창가에 달린 실크 커튼도, 사면을

에두른 벽지도, 오묘하게 톤의 강도를 달리한 핑크빛 일색이었다.

같은 아파트 단지라지만, 은영의 집보다 세 배나 넓었다. 게다가 이 집은 내부를 수리해서 새 아파트처럼 말끔했다. 다른 방엔 들어가 보지 못했다. 과외를 하러 올 때면 거실을 가로질러 이 방에만 들어올 수 있었다. 같은 대학 친구지만 민우의 방도 들어가 본 적이 없었다.

방은 이중창문을 설치해서, 찬바람이 새어 들지 않고 공기가 훈훈했다. 여름이면 겨울처럼 차가운 에어컨 바람이 차올랐다. 사계절의 날씨가 전해지지 않는 방이었다. 이곳에 있으면 문제를 푸는 학생보다 가르치는 은영 쪽이 더 긴장이 풀려서 잠이 밀려오곤 했다. 튼튼하고 견고하고 따뜻한 집. 이런 집이야말로 집다운 집이었다. 미래의 삶 속에 지어 올린 집이란 바로 이런 집이었다.

민아가 휴대폰으로 통화를 하며 방으로 들어와 침대에 걸터앉았다. 타월 질감의 핫팬츠 밑으로 하얗고 매끈한 허벅다리와 종아리가 드러났다. 발톱엔 하늘색 바탕에 뭉게구름이 그려져 있었다.

민아는 통화를 마치고 휴대폰을 침대 위에 던졌다. 그러곤 책상 앞에 은영과 마주 보며 앉았다. 민아가 책상 끄트머리에 둔 하얀색 시슬리 미스트 통을 들고 얼굴에 잔뜩 뿌렸다. 은영은 쓸쓸한 웃음을 지었다. 민아는 겨울이면 건조해서 피부가 망가진다고 투덜거리고 있었다. 과외를 받기 직전에 미스트를 얼굴에 뿌리는 건 그녀의 습관이었다. 향긋한 스프레이 입자가 은영의 팔마디에 아릿하게 내려앉았다.

민아가 책상 아래로 손을 내리며 입술을 뾰족이 모아서 내밀었다.

"선생님, 걔들 진짜 재수 없죠?"

"누구?"

"카프요, 카프. 오빠가 선생님한테 많이 미안해하더라고요. 카프가 뭐 대수야? 글쎄, 선생님이 이 아파트에 산다고까지 말했는데 무작정 안 될 건 뭐래요? 무슨 근거로 그러는지 참. 어차피 졸업도 얼마 안 남았잖아요. 카프카? 이름도 딥다 촌스럽지 않아요?"

민아는 한 문장이 끝날 때마다 말끝을 올리는 버릇이 있었다. 그녀는 가소롭다는 듯이 콧방귀를 뀌었다. 책상 서랍을 열어서 하얀 봉투를 꺼냈다. 자주 집을 비우는 민우의 모친은 이런 방식으로 과외비를 전달하기도 했다.

은영은 봉투를 받아 들었다. 섣불리 얼굴을 붉히거나 허둥대지 않았다. 민우가 원망스럽지 않았다. 민우가 최근에 연락을 해 오지 않았던 이유를 막연히 알 것도 같았다.

은영은 처음엔 카프가 뭔지도 몰랐다. X내학에 입학하고 나서 1학년 중간고사 기간이었다. 도서관에 자리가 턱없이 부족한 날이었다. 텅 빈 책상 두 개를 보곤 운이 좋다고 생각하며 서둘러 그 자리에 앉았다. 지나가던 학생이 "거긴 카프 자리잖아."라고 우려하는 투로 속삭였다. 앉아선 안 된다는 듯이.

"근데 카프가 뭐야?"

"카프카의 줄임말."

왜 그 자리를 비워 두어야 하는지 도무지 납득이 되질 않았다. 카프카에 대해서 설명해 주는 사람들도 없었다. 카프카가 뭐냐고 물으면 모두 대답하길 꺼렸다. 그러나 모두들 그 비어 있는 자리를 차지하려고 시도하진 않았다.

언젠가 민우가 그 자리에 앉아서 시험공부를 하고 있었다. 과외를 하는 여학생의 오빠여서 학교에서 만나면 인사를 나누기도 할 때였다. 은영은 민우를 통해 비로소 카프카에 대해서 알게 되었다.

카프는 은영이 다니는 X대학 내의 모임이었다. 기원이 언제부터인지는 모르나 꽤 오랜 전통을 자랑한다. 먼저 가입한 선배들이 직접 후배들을 지목한다. 특별한 목적이 있는 것은 아닌 듯했다. 주로 친목을 도모하며 술을 마시거나 골프를 쳤다. 그들은 대부분 강남 출신이거나 간혹 성북동, 평창동 학생들이었다.

민우에게 전화를 걸어서 카프에 관한 일이 어떻게 진행되었느냐고 재촉하지 않은 게 다행스러웠다. 민우가 제 나름대로 호의를 베풀었다는 것을 모르지 않았다. 카프카 멤버들도 그럴 만했다. 졸업도 얼마 남지 않았는데 대뜸 4학년 신입 멤버를 들이는 게 달갑지 않았을 것이다. 4년간 성사되지 않은 일이었다. 막판에 느닷없이 바뀔 리도 없었다.

단지 그 사실을 천연하게 내뱉는 바로 앞의 여자애가 아주 조금은 야속했다. 악의가 없다는 것은 알았다. 원래 속에 담아 두질 못하는 성정이란 건, 지난 1년 동안 과외를 하며 충분히 절감해 오지 않았던가.

"오늘은 시작이 조금 늦었다. 어서 시작하자."

"너무 걱정하지 마세요. 엄마가 봐서 아빠한테 선생님 얘기해 볼 거래요. 엄마가 선생님을 많이 예뻐하시잖아요."

겨울밤이 창 안으로 짙게 드리워졌다. 천장의 노란 전등이 환하게 내리쬐었다. 은영은 침착하게 봉투를 제 가방 속으로 넣었다. 언제나 부족하지 않다고 느꼈던 꽤 많은 액수가 들어 있겠지만, 오늘 골프용품을 사들인 비용을 충당할 순 없을 것이었다.

2009. 12. 22. 19:20

은영의 가방 속으로 들어가는 봉투가 창백했다.

6

　은비는 최 원장의 멱살을 부여잡았다. 탄력 없이 늘어진 목덜미 살갗을 둥글게 감싸는 하얀색 셔츠를. 좀체 집 밖으로 나가지 않으려는 그를 끌어낼 방법이 없었다. 동생 앞에서 이런 추잡한 꼴을 보이기 싫었다. 언니가 언제 들이닥칠지도 몰랐다. 멱살을 잡힌 그가 은비를 확 밀쳤다. 상반신이 뒤로 떠밀렸으나 멱살을 놓치지 않았다. 그가 한 번 더 세게 밀쳤다. 그의 셔츠 단추와 함께 은비가 바닥으로 퉁 튕겨 나갔다.

　핏발 선 눈으로 그를 노려보곤 벌떡 일어섰다. 몸을 일으키는데 바닥에 부닥친 골반뼈가 욱신거렸다. 왼쪽 다리를 절뚝거리며 그의 앞으로 다가갔다. 그가 윗니를 아랫니보다 더 안쪽으로 밀어 넣고 거친 숨을 내뿜었다. 두툼한 입술 사이와 비뚤배뚤한 이 사이가 단단하게 벌어져 있었다. 번들번들한 그의 볼따구니를 향해 은비가 손바닥을 올려 붙였다.

그가 벌겋게 손자국이 난 볼을 만지며 눈을 부라렸다.

"너, 너, 너 지금 쳤냐!"

"그래 쳤다. 어쩔래."

은비는 또다시 팔을 허공으로 들어 올리고 그에게 달려들었다. 그는 버둥거리는 손을 피해 고개를 비틀었다. 불시에 팔이 잡히고 꺾여서 넘어지고 말았다. 나동그라져 누운 채로 발길질을 해 댔다. 정신없이 발을 구르는 통에 발이 어디에 가 닿는지는 알 수 없었다. 그가 발길질을 피하다가 발을 헛디뎌 옆으로 넘어졌다. 놓칠세라 그의 얼마 안 남은 머리채를 확 잡아챘다. 격렬한 몸싸움이 이어졌다. 나무 마루를 흉내 낸 모노륨 장판 바닥에 뒤엉켜 있는 그들의 몸뚱어리가 서로 피하고 때리다가 점점 위로 밀려 올라갔다.

그들의 몸은 소파 옆의 콘솔까지 밀렸다. 머리채가 잡힌 그는 고개를 꺾인 채 주먹을 들어 올려서 은비의 가슴팍을 마구 쳐 댔다. 한 대씩 가격당할 때마다 통증이 느껴지며, 팔바니 힘이 빠져나가는 것 같았다. 분이 가시지 않았으나 남자와 힘으로 싸우는 건 역부족이었다. 그래도 끝까지 그의 머리채를 놓치지 않으려고 이를 악물고 손아귀에 힘을 주었다.

그가 간신히 몸을 일으키곤 두툼한 손아귀를 벌려서 은비의 목을 졸랐다. 아침부터 오후까지 메스를 들고 많은 사람들의 피를 묻힌 손이었다. 언젠가 은비의 늑골부터 젖꼭지까지 부드럽게 어루만지던 손이기도 했다. 지금은 놀라운 광기로 거칠게 목을 졸라 오고 있는 손이었다.

서서히 숨통이 조였다. 얼굴이 뜨겁고 먹먹하게 달아올랐다. 그러나 죽이지 않을 거라고 확신했다. 그가 발끈해서 겁을 주는 정도에 그치리라는 점은 충분히 예상할 수 있었다. 그는 가진 것이 많은 사람이다.

언젠가 제 입으로도 그렇게 말하지 않았던가. 자신은 가진 게 많은 사람이라고. 많은 것을 가졌다는 건 한편으로 잃을 게 많다는 뜻이기도 했다. 사회적으로 인정받는 안정적인 직업, 압구정의 40평대 집과 외제 차와 골프 회원권을 살 만한 능력, 경제적인 부분만 해결해 주면 사사건건 간섭하지 않는 유순한 아내, 학업 성적이 그럭저럭 상위권인 두 아이. 그는 결코 사고가 나길 바라지 않을 것이다.

은비는 잃을 게 많은, 부유한 남자들의 이런 약점을 이용해서 돈을 뜯어냈다. 그들은 열아홉 살이라는 은비의 거짓말에 속아서 쉽게 매료되었다가, 같은 이유로 순순히 당하곤 했다. 속절없이 돈을 갈취당했다.

압도적으로 우세한 힘으로 은비를 제압하고 목을 조르던 최 원장이 먼저 무너지듯 눈동자의 힘이 풀렸다. 은비 또한

숨이 더 이상 갇힐 데 없이 차올랐다. 거실 천장이 빙글빙글 돌았다. 집은 쉽게 무너지지 않고, 물길에 갇힌 듯 흐느적거렸다. 발길질을 해 댔지만 허사였다. 발길은 휘몰아치는 파도를 만나 움직이는 것처럼 허공을 무겁게 허우적거렸다. 질식할 것 같은 공포가 엄습했다. 다리는 더 이상 바닥에서 조금도 올라가지 않았다.

뒤늦게 방에서 나온 은재와 눈이 딱 마주쳤다. 은재는 이 광경을 보고도 곧장 화장실로 들어가 버렸다. 은재의 눈은 평소와 조금도 다르지 않았다. 무책임하고 무관심한 눈빛.

뭐든, 손에 잡아야 했다. 손을 뻗어서 팔을 움직였다. 널찍한 콘솔 다리가 손에 닿을 듯 닿을 듯 닿지 않았다. 그의 손아귀에서 스르륵 힘이 풀리는 순간 필사적으로 콘솔 다리를 콱 잡았다. 콘솔이 흔들렸다. 그가 막 몸을 일으키려던 참이었다. 무릎으로 그의 가랑이 사이를 퍽 찍어 올렸다. 콘솔 위에서 어떤 물체가 툭 떨어졌다. 검푸른 청동 말 조각상이었다. 청동 말 조각상은 그의 정수리를 찧고 어깨 옆으로 떨어졌다. 그의 정수리에서 붉은 핏방울이 불꽃을 터뜨렸다. 동시에 그가 고통에 찬 괴성을 질렀다.

그는 제 머리통을 움켜쥐었다. 손바닥에 묻어난 핏자국을 보곤 살에 파묻힌 작은 눈을 확 벌렸다.

"이, 이게, 뭐야! 피, 피, 피⋯⋯."

"저리 비켜!"

그의 몸을 밀어내기가 쉽지 않았다. 그는 이성을 잃은 성인 남성이었다. 은비의 복부를 짓누르고 앉아서 머리통을 움켜쥔 채 몸을 말고 신음하는 그.

화장실로 들어갔던 은재가 얼굴을 적시고 나왔다. 젖은 얼굴로 어기적어기적 다가오고 있었다. 그의 등판에 가려진 얼굴을 옆으로 밀어서 은재에게 시선을 던졌다. 간절하게, 도와 달라고.

그가 째진 눈으로 은비를 내려다보며 알 수 없는 말을 중얼거렸다.

"박은비. 네 언닌 이제 끝이야."

은비는 그의 말을 알아들을 수 없었다. 난데없이 무슨 말이지? 최 원장이 피 묻은 손날로 목 긋는 시늉을 하며 바바리를 들었다. 짐짓 거만한 걸음으로 현관 쪽으로 걸어갔다. 구두를 신으면서 나자빠진 은비를 흘겨보았다.

"너희들 모두 종 쳤어."

그의 입가에 승자의 간악한 미소가 어렸다. 정수리에선 가느다란 핏줄기가 흘러내렸다. 넋 놓고 서 있던 은재가 그의 등 뒤로 바투 다가갔다. 냉큼 그의 팔목을 잡아서 등 뒤로 꺾었다. 아야. 그가 불쾌한 탄성을 내지르자 은재는 그의 팔목을 더 세게 잡아당겼다.

"이, 이거 뭐야!"

은재는 틀어쥔 그의 팔을 놓지 않았다. 그 광경을 보고 은비가 나자빠진 몸을 후다닥 일으켰다. 눈동자를 굴렸다. 현관으로 달려갔다. 어찌해야 할지 몰랐지만, 여기서 그냥 놔줄 순 없었다. 언니가 끝이라니, 도대체 무슨 계략을 꾸미고 있는 것일까.

팔이 등 뒤로 꺾인 그가 사지를 비틀었다.

"이거 놔! 너희들 죽고 싶어! 내가 누군지 알아!"

그가 갈라진 음성으로 발악해 댔다. 손바닥으로 그의 머리통을 세게 후려쳤다. 그리고 그의 종아리를 향해 발을 쿡 내리찍었다. 그가 힘없이 무릎을 굽혔다.

2009. 12. 22. 19:51

은비는 부엌 쪽으로 날래게 달려갔다.

*

은재는 작은누나와 함께 현관 밖으로 나가 있었다. 20분이 흘렀다. 그리 긴 시간은 아니지만, 기약도 없이 큰누나를 기다려야 한다고 생각하니 시간은 길고 길었다. 작은누나는 집으로 들어가서 담뱃갑을 챙겨 나왔다. 담배 한 개비를 입술에 꼬나물고 라이터 불을 켜서 담배를 피웠다.

담배꽁초가 다 타들어 갈 무렵 복도 끝에서 큰누나가 걸어왔다. 집 안은 물론이요, 아파트 단지 내에선 담배를 피우지 말라고 신신당부하던 큰누나였다. 큰누나는 몹시 화가 난 것 같았다. 작은누난 재빨리 담배꽁초를 난간 밖으로 던졌다. 팔을 휘저어 연기를 없앴다. 은재는 난간에 턱을 괴고 저 아래, 담배꽁초가 떨어진 검은 콘크리트를 응시했다.

"무슨 일이야?"

큰누나가 의아하다는 듯이 물었다. 대답하지 않았다. 작은누나도 고개를 폭 숙였다.

"너희가 날 마중 나왔을 린 없고."

큰누나의 안색이 지쳐 보였다.

누군가의 호수이기도 하지만 자신의 집 호수이기도 한 흔하디흔한 608. 608호라는 푯말이 옆으로 기우뚱했다. 그 아래로 자그마한 소망교회 쇠 십자가가 붙어 있었다. 가족 중 기독교 신자는 없었다. 이전에 살던 사람들이 붙여 놓은 것을 여태 떼지 않았을 뿐이다.

끝내 대답을 하지 않자, 큰누나가 현관 문고리를 잡았다. 뻑뻑한 문고리가 돌아갔다. 문고리가 끝까지 돌아가고 문이 열리기 직전이었다. 작은누나가 큰누나의 팔목을 붙들었다.

"언니, 잠깐만."

음울한 달빛 아래로 작은누나 손등의 푸른 혈관이 두드러졌다. 큰누나를 바라보는 작은누나의 검은 동공이 요동쳤다. 아무 이유도 설명하지 못하고 있었다. 쉽게 입이 떨어지지 않을 것이었다.

이번엔 큰누나가 은재 쪽을 돌아보았다. 은재는 등을 돌리고 이내 침묵했다.

"왜."

"언니, 잠깐만, 마음을 정리하고 들어가는 게 좋을 것 같아."

"무슨 대단한 일이라고 이렇게 호들갑을 떨어. 밥통이라도 터졌어? 아니면, 변기 물이 넘쳤어? 뭐야, 도대체."

"그게 좀, 복잡해졌어."

"그럼 어서 빨리 말해 봐. 너희가 자꾸 대답을 회피하니까 내가 직접 확인하겠다잖아."

"어디서부터 말해야 할지 모르겠어."

"본론만 얘기해. 저 안에 무슨 일이 벌어진 건지, 핵심만 간추려서. 그 외에 자질구레한 설명은 나중에 하고."

"일단 요 앞에 커피숍이라도 가자. 거기서 따뜻한 차라도 한잔 마시면서 얘기하자고."

"얘가, 지금 정신이 있는 거야, 없는 거야."

"여긴 너무 춥잖아. 이 층에 사는 사람들이 집에 들어가다가 우리가 여기 몰려 있는 걸 보면 이상하게 생각할 수도 있고."

작은누나의 절절한 호소에 큰누나는 무언가 낌새를 감지했다. 적어도 밥통이나 변기통 같은 문제는 아니라고 판단

한 눈치였다. 그런 문제라면 같은 층에 사는 타인의 시선에
이토록 연연할 필요가 없으니까. 큰누나가 작은누나의 손을
홱 뿌리쳤다.

"혹시, 압류라도 들어왔어?"

작은누나가 눈초리를 늘어트린 불쌍한 표정을 짓고 고개
를 흔들었다.

이따금 은행으로부터 걸려 오는 전화를 받곤 했다. 큰누
나의 말을 빌리자면, 이사 당시 집을 담보로 대출 받은 게
있다고 했다. 이자를 제때 내지 못해서 대출금을 내준 은행
에서 전화를 해 대는 것이었다. 엄마가 조금만 더 참으라고
했다고, 재개발 건 때문에 집값이 오르고 있다고, 돌아와서
곧 해결할 거라고, 했다는 말을 전하면서도 큰누나는 내내
불안해했다.

큰누나와 작은누나가 앞서 걸었다. 큰누나는 어느새 현
관문 앞에 내놓았던 식탁 의자를 들고 갔다. 은재는 꺾어
신은 운동화를 슬리퍼처럼 질질 끌며 뒤를 따랐다. 엘리베
이터 문이 열렸다. 그 안에서 비릿한 쇳내와 퀴퀴한 땀내가
물씬했다.

2009. 12. 22. 20:31

은재는 엘리베이터 안에서 큰누나의 시선을 한사코 외면
했다.

은영은 동생들과 함께 아파트 단지 차로를 걸었다. 은비가 앞장서서 따라가긴 하는데 이렇게 멀리까지 가는 이유를 알 수 없었다. 집에서 가까운 곳에도 커피숍은 얼마든지 있었다. 이 동네에 널리고 널린 게 커피숍이니까.

"얼마나 더 가야 되는데."

"조금만 더 가면 돼."

"왜 가까운 데 두고 이렇게 먼 데까지 가."

"아이, 단골로 가는 데가 편해서."

성수대교 사거리에서 길을 건너 건물 전체가 스타벅스인 3층 건물로 들어갔다. 실내는 몹시 시끄럽고 산만했다. 사람들이 북적거렸다. 은비의 성화에 못 이겨 따라나서긴 했지만 무언가 긴밀한 대화를 나누기에 마땅한 장소는 아니었다.

은비가 냉큼 달려가서 벽 코너의 구석진 자리를 맡았다. 그러곤 무얼 마실 건지 물어왔다. 은비의 난데없는 상냥함과 친절이 겸연쩍었다. 단 한 번도 자신을 언니로 예우하지 않았던 은비가 아니었던가. 은영은 은비를 흘겨보았다. 무슨 일이 벌어졌는지는 모르지만, 그것이 은비와 관련된 문제인 것만큼은 확실했다.

"최악이야?"

은비가 없는 틈을 타서 은재에게 물었다. 대관절 그 말이 왜 나왔는지 스스로도 몰랐다. 은재의 대답을 기대하며 물었다기보다는 혼잣말에 가까웠다. 매일 하루 일과를 마치면 피로한 몸을 이끌고 들어가던 집이었다. 난방이 잘 가동되지 않는 추운 집이어도 상관없었다. 압구정 한양아파트에 산다고 하면 학교 친구들의 부러움을 샀고, 과외를 하는 곳의 학부모들 대우도 달랐다. 아무리 힘겹고 슬픈 일이 넘쳐 날 때도 이 집은 위로가 되었다. 그런 집으로 들어가지 못했다. 그보다 더 최악의 상황은 있을 수 없었다. 명문 대학 졸업을 앞두고 취직조차 안 되는 마당에 이 아파트마저 없었다면 앞날이 더 암담했을 것이다. 유일한 희망인 집.

은재는 손가락으로 테이블에 원을 그렸다. 무미건조하면서도 반복적으로 움직이는 손짓. 은영은 울컥해서 침을 삼키지 못했다. 눈시울이 뜨거워졌지만 눈물이 흐르진 않았다. 은비가 종이컵을 양손에 들고 달려왔다.

"너, 얘기했어?"

은비가 호들갑을 떨었다. 은재가 고개를 저었다. 은비가 바나나라테가 담긴 종이컵을 은영 앞으로 조심히 내밀었다. 뚜껑을 열자 하얀 거품이 부풀어 오른 종이컵 안에서 따스한 김이 모락모락 올랐다.

은비가 입술을 깨물었다가, 눈을 깜박였다가, 괜스레 제 옷을 털었다가, 주위를 기웃거리며 끊임없이 주의를 흐트러뜨렸다. 반면 은재는 여전히 멍했다. 그 어디에도 시선을 두지 않는 표정. 은영에겐 항상 마음에 걸리는 눈빛이었다. 보는 이를 무기력하게 만드는 눈빛. 한배에서 나온 동생들이지만 혼낼 거리라도 만들어 주는 은비가 은재보다 더 편했다. 물론 더 좋다는 뜻은 아니지만.

은비가 별안간 코를 훌쩍였다.

"언니, 정말 미안해. 내가 미쳤어."

"괜찮으니까 어서 얘기해."

"언니, 내가 그동안 정말 어리석었어. 너무너무 후회돼."

"그냥 말해."

은재가 말허리를 자르고 끼어들었다. 은영도 변죽만 울리고 대답을 미루는 은비가 답답하긴 마찬가지였다. 그러나 은영은 은비의 손등을 가만히 감쌌다. 은비가 제 눈가에 어린 눈물을 싹 훔쳤다. 그러곤 빠르게 눈동자를 휙 돌렸다. 먹잇감을 발견한 짐승처럼. 은비가 쳐다본 곳은 바깥의 주차장 쪽이었다.

유리창 밖 주차장에 세워진 쥐색 BMW에서 은비 또래 남자애 두 명이 내렸다. 은비가 자리에 앉아서 흘러내린 머리카락을 귓가로 넘겼다. 코트 주머니 속에서 휴대폰을 꺼냈다. 휴대폰에 달아 놓은 미니 립글로스 뚜껑을 열었다. 푸릇하던 은비의 입술에 돌연 화사한 핑크빛이 뻐쳤다.

은비가 자리에서 일어났다. 입구로 들어오는 또래 남자애들 쪽으로 성큼성큼 걸어갔다. 그들은 이 동네에서 돌아다니는 다른 남자애들처럼 멋진 차림새였다. 은비가 조금 전과 전혀 다른 사람처럼 안색을 싹 바꿨다. 아무 일도 없다는 듯이 활짝 웃고 있었다. 멀리서 은비가 제 친구들과 떠드는 소리가 들려왔다.

"언니, 저 중에 투 버튼 코트 입은 애가 날 좀 좋아해. 언니 M극장 알지. 왜 12층짜리 건물 있잖아. 그게 통째로 쟤네 아빠 거야. 며칠 튕겼더니 삐쳐 있었었나 봐. 아 참, 쟤, 언니랑 같은 대학 다닌다고 했는데. 그러고 보니 언니 후배네."

은영은 진회색 캐시미어 코트를 입은 남자애를 유심히 바라보았다. 강남 한복판에 12층 건물을 소유한 부모 밑에서 성장해, 자신과 같은 대학을 다닌다면 카프카 멤버일 확률이 다분했다. 은비와 동갑이라면 올해 신입일 것이다.

그사이 은비가 은영의 바나나라테를 들고 홀짝 마셨다. 종이컵에 은비의 핑크빛 립글로스가 묻어났다. 은비의 뺨엔 어느새 핏기가 돌았다. 천장에서 쏟아지는 주홍빛 조명 때문인지도 몰랐다. 공부에도 관심이 없고, 일도 하지 않고, 책임감도 없고, 제 기분 내키는 대로 행동하는 골칫거리지만, 얼굴 생김새 하나는 어디에도 빠지지 않는 동생이었다. 만약 은비가 자신이 다니는 대학에 들어왔다면, 분명 카프카 멤버가 되었을 것이다. 문득 그런 은비가 퍽 자랑스럽게 느껴졌다.

"사귀는 사이야?"

"아니, 난 애송이들은 별로야. 그냥 뭐 심심할 때 밥이나 먹는 정도."

은비가 자신의 휴대폰을 테이블 위에서 은영 쪽으로 밀었다. 우쭐해하며 확인하라는 눈짓을 보내왔다. 방금 전 은비의 휴대폰으로 문자가 도착해 있었다.

—하시 어때? 토욜 저녁에 예약해 둔다!!!

은비가 등 뒤쪽으로 멀찌감치 앉은 남자애를 눈짓으로 가리켰다. 은비가 고개를 돌리자 멀리 앉아 있던 두 남자애들이 손을 흔들었다.

은영은 은비를 보고 히죽 웃었다. 은재는 테이블 위에 물로 그린 원에서 시선을 떼지 않았다. 은영은 앞에 두고 한입도 삼키지 못했던 바나나라테 잔을 그제야 들어서 입에 댔다. 옆자리에 연인으로 보이는 젊은 커플이 로또 OMR지를 테이블에 올려놓고 웃고 있었다. 은비가 어깨를 들썩이다가 무언가 생각난 사람처럼 이내 고개를 떨어뜨렸다.

"언니, 집에."

은비가 무슨 말인가를 꺼내다가 다시 입을 닫았다.

2009. 12. 22. 21:03

은영은 집에서 무슨 일이 벌어졌는지 짐작힐 수 없었다.

7

4년 전 크리스마스이브, 은비는 이사 오기 전에 살던 집 거실에서 초록색 볼을 쳐다보고 있었다. 알록달록한 볼들이 퉁퉁 날아올랐다. 플라스틱 통 바닥으로 떨어지던 볼들이 펄쩍 튀어 오르다가 다시 바닥으로 떨어지길 반복했다. 통 속으로 바람이 쉭쉭 차올랐다. 6그램의 볼들은 잠시도 쉬지 않았다. 그물에 건져 올린 열대어처럼 화려한 색깔의 볼들이 뒤엉키며 파닥파닥 날뛰었다.

은비는 초록색 볼의 움직임을 주시하며 "8시 40분!"이라고 소리쳤다. 목 뒤로 내려오는 기다란 줄로 연결된 안경을 끼고 앉아서 엄마가 주간지를 읽고 있었다. 몇 줄 읽다간 주간지와 검은색 펜으로 표기한 OMR지를 던졌다. 로또에 관련된 특집 기사가 펼쳐졌다. 아빠가 발그레하게 익은 사과

두 알을 접시에 받쳐 들고 부엌에서 나오던 중이었다. 뒤늦게 나온 언니와 남동생이 소파를 몽땅 차지하고 누운 은비를 보고는 혀를 찼다. 그들은 소파를 포기하고 바닥에 주저앉았다. 가족들이 모두 모여 앉은 거실에 특별한 징후는 없었다.

"참 나, 814만 분의 1이래."

엄마가 안경을 벗으며 불평스럽게 말했다. 아빠는 사과 머리를 조심조심 깎다가 엄마를 흘긋 쳐다봤다. 엄마는 심술 난 사람처럼 미간을 모으고 창밖을 바라보았다.

"뭐가?"

"뭐긴 뭐겠어. 로또에 당첨될 확률을 말하는 거지."

"그럼 어째. 우리 같은 서민들이 무슨 수로 부자 한번 돼 보겠어. 근검절약해서 아등바등 산다고, 집 한 칸 장만하겠어? 집은 무슨 개뼈다귀, 줄줄이 까 놓은 세 자식 교육비 치르고 나면 일평생 당신 겨울 코트 한 벌도 장만 못 할걸."

"그러니까 지푸라기라도 잡는 심정으로 너도나도 로또를 사겠지."

"요즘에는 거 뭐야, 사행심 조장이다 뭐다 말이 많던데, 아이고, 이런 희망조차 없으면 무슨 낙으로 살라고!"

아빠가 흥분에 겨워 언성을 높였다. 엄마는 814만 분의 1이라는 확률이 정말 대단한 거라고 거듭 상소했다. 자동차 사고로 사망할 확률이 3만 분의 1, 화재로 인해 사망할 확률이 40만 분의 1, 벼락 맞아 사망할 확률이 50만 분의 1이라고 했다. 엄마는 거의 모든 일을 체계적으로 분석하는 일에 능란했다. 3년 전까지 엄마와 아빠는 같은 유통 회사에 근무했다. 구조조정 때 아빠는 단박에 쫓겨났다. 아이를 셋이나 출산한 엄마가 더 오래 버티는 비결은 그런 이성적인 사고방식 때문인지도 몰랐다.

"그럼, 벼락 맞아 죽을 확률보다 희박한 거야?"

"그냥 희박한 게 아니야. 무려 열여섯 배나."

"아니, 근데 왜 좋은 경우는 다 내팽개치고 죄다 죽는 확률에 빗대는 거야. 재수 없게."

아빠가 칼끝을 대고 사과를 반으로 뚝 잘랐다. 엄마는 그 무시무시한 확률에 질려 버린 것인지도 몰랐다. 그러지 않고서야 로또 추첨을 한다면, 자다가도 벌떡 일어나는 사람이 자리에서 그냥 일어설 리 없었다. 엄마는 아빠가 회사를 그만두었을 때보다 더 심란해 보였다. 소파 팔걸이에 걸쳐진 오리털 점퍼를 집어 들었다.

"밤에 사과 먹는 건, 위에 안 좋아. 당신은 그런 것도 몰라?"

엄마가 무뚝뚝하게 한마디 내뱉곤 밖으로 나갔다. 아빠는 입을 모으고 쿵 닫히는 현관문을 보면서 남은 사과를 깎았다. 그리고 노란 빛이 도는 사과를 정확히 다섯 조각으로 나누었다.

나머지 가족들은 로또 추첨을 기다렸다. 물론 신경을 곤

두세우는 사람은 없었다. 로또 열풍이 불고 처음 네다섯 번
만 가슴을 졸였다. 여섯 개의 숫자 중에서 단 한 자리도 맞
지 않고 꽝이었다. 어쩌다 운이 좋으면 한 자리 정도 맞는 수
준이었다. 화면 속에서 데굴데굴 구르는 볼들을 바라보는 가
족들의 시선은 언제나 멍했다. 먹지도 못하는 도마 위의 예
쁜 열대어를 바라부는 사람들처럼. 그런데도 이 시간이면 어
김없이 텔레비전 앞으로 모여들었다. 금요일 저녁 8시 40분.
이 시간이 아니면 가족들이 한자리에 다 모이는 일은 좀처
럼 없었다.

은비는 수많은 볼들 중에서 유독 하나만을 쫓았다. 19번,
초록색이었다. 이윽고 젊은 남자 사회자의 우렁찬 목소리가
터져 나왔다.

"24!" 첫 번째 당첨 번호였다. 언니가 돌연히 일어서서 텔
레비전을 응시했다. 은비는 속으로 설마, 라고 중얼거리며 언
니를 지켜보았다. 빨간색 볼이었다. 24. 언니가 주장한 숫자
였다.

"40!" 두 번째 당첨 번호였다. 40이라는 숫자에 동요하는
사람은 없었다. 은비는 꽉 움켜쥐었던 주먹을 풀고 아빠를
보았다. 아빠는 무릎걸음으로 기어가서 방금 전에 엄마가
던져 놓고 간 OMR지를 들었다. 종이 쪼가리 위를 바퀴벌레
잡듯 헐레벌떡 쫓던 아빠의 눈이 휘둥그레졌다. 40은 밖으
로 나가 버린 엄마가 적어 낸 숫자였던 것이다.

우연히 두 개의 숫자가 맞아떨어지자 분위기가 심상치 않게 흘렀다. 은비는 입을 꾹 다물었다. 아, 소리조차도 목구멍에 걸려 나오지 않았다. 그러나 로또 1등에 당첨되려면 모두 여섯 개의 숫자가 맞아야 했다. 아직 나머지 네 개의 숫자가 버티고 있었다.

"33!" 세 번째 번호가 발표되자 은재가 "그렇지!" 소리치며 주먹으로 거실 바닥을 세게 내리쳤다. 적막을 깨고 집 전화가 시끄럽게 울렸다. 아무도 전화를 받지 않았다.

"31!" 네 번째 번호가 발표됐다. 세 남매는 엽렵하게 눈빛을 교환했다. 은비는 자신이 아니라고, 고개를 저었다. 동시에 아빠의 등허리가 휘어졌다. 과도로 잘라 놓은 사과 조각 위로 희멀건 액체가 쏟아졌다. 저녁에 먹은 삼계탕이 죽이 되어 왈칵 게워 나왔다.

언니는 아빠의 등을 두들겨 주면서도 화면에서 눈을 떼지 못했다. 모두 얼음땡 놀이에 심취한 어린아이들처럼 손가락도 까딱하지 못했다. 걸레를 가져오려고 일어선 사람은 없었다. 아빠가 손등으로 입가를 스윽 훔쳤다. 남자 사회자가 조금 뜸을 들이고는 플라스틱 통에서 빠져나온 볼을 집어 들었다. 초록색! 바로, 그 볼이었다. 로또 당첨 번호 발표 시작부터 내내 은비가 지켜보던 볼.

"19!" 다섯 번째 번호가 사회자의 입에서 터지기도 전에 은비는 악 소리를 지르고 말았다. 두 손을 모아 입을 가렸다. 다섯 자리가 모두 맞았으니 2등은 확정이었다. 이제 남은 숫자는 하나였다. 은비는 두 눈을 질끈 감고 기도하듯 두 손을 모았다.

"3!" 불현듯 거실이 고요했다. 아빠가 과도를 들고 부리나케 달려가서 수화기를 들었다. 수화기 건너편의 엄마는 말귀를 한 번에 알아듣지 못하는 모양이었다. 아빠가 흥분에 겨워 연거푸 됐다는 말을 되풀이했다. 무엇이 된 건지는 설명하지도 못했다.

전화를 받은 엄마가 집으로 돌아왔다. 모두가 얼싸안고 거실 허공으로 폴짝폴짝 뛰어올랐다. 플라스틱 통 밖으로 미끄러져 나오기 직전의 볼들처럼 힘차게.

2005. 12. 25. 20:54

아무도 예상치 못한 크리스마스 선물이었다.

*

은재는 아파트 출입구 옆 경비실 초소 창을 두들기는 큰누나의 왜소한 등을 보고 있었다. 노크를 해도 초소 안에서 반응이 없자 큰누나는 조심조심 초소 창을 열었다. 저녁 6시에 교대를 한 야간 근무 경비원은 근무 네 시간 만에 꾸벅꾸벅 졸고 있었다.

큰누나는 식탁 의자의 쓰레기 처리 비용으로 지갑에서 5000원을 꺼내 철제 책상 위에 올려 두었다. 창이 열리는 기척에 잠이 깬 경비원이 눈을 비볐다. 경비원은 서둘러 호주머니를 뒤지더니 "이런, 잔돈이 없네."라며 무안해했다.

큰누나는 나중에 달라고 말했다가 "아니, 그냥 담뱃값 하세요."라고 말을 바꿨다. 그러곤 혹시 오늘 방문자 기록을 볼 수 있는지 물었다. 경비원이 방문자 기록이 적힌 스프링 노트를 건넸다. 작은누나가 쏜살같이 노트를 낚아챘다. 다급한 행동이 다소 경솔해 보였다. 큰누나가 눈을 내리깐 채로 작은누나를 노려보았다. 노트에 그의 방문 기록은 남아 있지 않았다.

"저, 혹시 오늘 저희 집에 방문한 사람 없었나요?"

큰누나가 차분한 목소리로 물었다.

"어! 있었지. 황금에서 집을 보겠다는 사람들을 데려왔지. 아 참, 여기 골프 가방 가져가야지."

경비원이 벽에 세워진 골프 가방을 들고 나왔다. 큰누나는 전혀 생각지도 못했다는 듯이 빨간색 골프 가방을 건네받았다.

그들은 엘리베이터 쪽으로 걸어갔다. 지금껏 공부 잘하는 모범생에, 명문 대학에 다니는 큰누나가 부럽거나 대단해 보이진 않았다. 그런데 이런 상황에서 쓰레기 처리 비용을 치르고 방문자 확인까지 하는 큰누나의 등짝이 작지만 야무지고 단단해 보였다. 다소 섬뜩할 정도로.

엘리베이터는 8층에 멈춰 있었다. 작은누나가 "골프 배우게?"라고 묻자 큰누나는 대답이 없었다. 작은누나가 구두 밑창으로 바닥을 끌며 "돈은 어디서 났어?" 추궁하기 시작했다. 큰누나는 자기 것이 아니라고 대꾸했다. 친구가 잠시 맡긴 거라고.

8층에서 엘리베이터가 움직이지 않았다. 하굣길에 아파트에 들어섰을 때도 엘리베이터는 8층에 오래도록 서 있었다. 거기에 확장 공사 중인 집이 있었다. 최근엔 문이 열린 엘리베이터 안에 공사 장비들이 가득 실려 있곤 했다. 성미 급한 작은누나가 발길로 엘리베이터 문을 꽝 걷어찼다. 작은누나의 발길이 철문에 닿자마자 엘리베이터가 덜컹, 움직였다. 드디어 엘리베이터가 느린 속도로 내려왔다.

엘리베이터 문이 열리기 직전 날카로운 사이렌이 울렸다. 지레 겁먹은 작은누나가 엘리베이터 문이 열리자마자 쏜살같이 올라탔다. 엘리베이터 안에서 내리던 여자의 어깨와 작은누나의 어깨가 콱 부딪쳤다. 오후에도 집을 볼 사람들을 끌고 찾아왔던 황금부동산 중개인이었다.

"어머! 608호잖아!"

여자는 그들을 보고 반가워했다. 여자는 엘리베이터에서 내리지 않고 다시 엘리베이터를 타고 그들과 함께 6층까지 올라갔다. 은재는 엘리베이터에 부착된 거울을 보았다. 거울엔 수많은 부동산 중개소와 이삿짐센터 전화번호 스티커가 다닥다닥 붙어 있었다. 스티커 모서리에 손톱을 억지로 쑤셔 넣어서 스티커를 뜯어냈다. 쉽사리 떼어지지 않는 접착력이었다.

부동산 중개인이 언니의 팔마디에 은근히 손을 올렸다.

"요즘 너무 춥죠? 여기가 낡긴 낡았어. 보수 공사를 싹 해 놓은 집들도 찬바람이 새어 든다고 하니, 원. 그 집은 더 하죠? 우리 잠깐 얘기 좀 해."

여자가 살갑게 말하며 은재와 작은누나에게 눈치를 주었다. 자리를 피해 달라는 눈짓이었다. 언니가 뭐라 응대하지 않고 망설이는 틈에 은비가 "여기서 그냥 얘기하세요."라고 쏘아붙였다. 여자는 넉살 좋게 웃었다. 비둘기 한 마리를 해치운 것처럼 새빨간 립스틱을 두껍게 바른 여자의 입술이 쎌쭉거렸다.

"지금이 적기야. 한국 부동산 경기가 이미 끝났다는 소식은 들었지? 그나마 여긴 9호선이 지나는 지역이고, 재개발 얘기가 있으니까 버티는 거야. 근데 벌써 우리 쪽에선 조만간 거품이 쪽 빠질 거라는 전망이야. 상한가를 치고 있을 때 팔아야 한다고. 이 상황이 오래가지 못할 거라네. 그러니까 지금 팔아야 재미 좀 보지, 안 그랬다간 빼도 박도 못하는 상황이 온다니까."

"도대체 몇 번이나 말해야 알아듣겠어요! 우린 집 팔 생각이 없다고요."

작은누나가 목소리를 돋웠다. 여자가 흥, 콧바람을 내며 큰누나를 쳐다보았다. 큰누나가 여자를 무시하고 은재를 부추기며 앞서 걸었다. 큰누나는 골프 가방이 꽤 무거운 것 같았다. 한 걸음씩 걸을 때마다 흘러내리는 가방 끈을 힘겹게 걸쳐 멨다. 왜소한 등치에 비해 너무 큰 가방이었나.

"재개발 반대에 사인을 했다면서. 내가 그 착잡한 심정을 어찌 모르겠어. 여긴 융자가 맥스여서 전세 내주기도 쉽지 않다고."

복도를 걷던 은재는 607호에 못 미쳐 걸음을 멈추었다. 607호 현관문이 활짝 열려 있었다. 평소처럼 고통에 찬 울음이나 거친 괴성은 흘러나오지 않았다. 네 채의 32평형 집이 일렬로 늘어선 복도는 잠잠했다. 오히려 이런저런 잡음이 흘러나오고 있는 건 605호나 606호였다. 그곳에서 시끌벅적하게 웃고 떠드는 소리와 크리스마스캐럴이 새어 나왔다. 반면 607호는 현관문만 열려 있을 뿐 아주 조용했다. 희부연 형광등 빛이 어둑어둑한 복도를 어슴푸레하게 밝히고 있었다. 그 안에서 유령이 흘러나오는 것처럼.

뒤에서, 여러 명의 발걸음 소리가 타다닥 들려왔다. 뒤돌아보았다. 먼저 난간 쪽으로 비스듬히 몸을 들어서 붙인 건 큰누나였다. 은재도 덩달아 난간 쪽으로 몸을 바짝 붙였다. 들것을 든 구급대원들이 607호로 뛰어 들어가고 있었다.

“무슨 일이 터졌나 봐.”

큰누나는 607호 쪽을 기웃거렸다. 뒤따라 온 작은누나가 큰누나를 밀치고 당당히 607호 앞으로 가서 섰다. 팔짱을 낀 작은누나의 얼굴이 일순 기이하게 일그러졌다.

들것에 실려 나온 건 607호 아기였다. 항상 우는 소리만 들었을 뿐 실제로 얼굴을 본 건 처음이었다. 언젠가 복도에서 딱 한 번, 캐리어에 아기를 감싸 안고 집으로 돌아오던 인주와 마주친 적이 있었다. 그땐 이웃들끼리 나누는 형식적인 눈인사조차 나누는 사이가 아니었다. 아기는 핑크색 싸개에 가려져서 얼굴이 보이지 않았다.

아기의 새까만 머리칼이 바람결에 하늘거렸다. 얼마나 울었는지 눈덩이는 퉁퉁 부어올라 있었다. 울음소리는 제대로 된 소리를 갖추지 못하고 있었다. 자그만 입술과 부드러운 턱이 바들바들 떨렸다. 울음조차 간신히 내고 있는 듯했다. 들것이 움직이자 아기의 왼쪽 어깨와 연결된 팔마디가 따로 덜렁거렸다.

들것을 든 구급대원을 따라서 인주가 뛰쳐나왔다. 양말을 신었지만 신발은 신지 않고 있었다. 아주 짧게 인주와 눈이 마주쳤다. 그녀는 은재를 지나치며 서둘러 눈길을 돌렸다. 망연해 보였다. 607호 안에서 허리춤에 손을 괸 남자가 은재를 쏘아보고 있었다. 큰누나가 은재를 잡아당기지 않았다면, 은재는 그 자리에서 꼼짝도 하지 못했을지 몰랐다.

은재는 큰누나가 끄는 대로 터덜터덜 걸었다. 꺾어 신은 운동화 뒤축이 아기의 탈골된 팔처럼 맥없이 덜렁거렸다. 운동화 뒤축이 발바닥에 닿을 때마다 마른침을 삼켰다. 유난히 길게 느껴지는 복도였다.

뒤에서 작은누나가 607호 남자에게 "왜 저렇게 된 거예요?"라고 툭 쏘아붙였다. 남자는 묵묵부답이었다.

현관으로 들어서기 전에 잠깐 복도 끝을 보았다. 저 멀리 엘리베이터 앞에서 인주가 맨발을 동동 굴렀다. 흰 양말이 어두운 허공에 떠 있는 것 같았다. 그녀는 울먹이며 그냥 계단으로 내려가자고 구급대원들을 다그쳤다. 그 옆에 부동산 중개인 여자가 들것에 실린 아기를 보며 혀를 찼다.

2009. 12. 22. 21:34
다시, 608호 앞이다.

*

은영은 집 안으로 성큼 들어갔다. 캄캄한 웅덩이처럼 어둠이 고인 집. 짙고 커다란 그림자와 쌀쌀한 냉기가 현관 안으로 들어서는 그녀를 밀쳐 내는 것만 같았다. 은비는 아직까지 607호 앞에서 참견 중이었다. 은영은 빨리 현관문을 닫으려고 은비의 이름을 불렀다. 은비는 자꾸 607호를 째려보며 집 쪽으로 걸어왔다.

거실은 차츰 바깥에서 흘러드는 달빛에 의해 희미한 윤곽을 드러냈다. 베란다 창 쪽의 소파 옆으로 사내의 두 다리가 일자로 뻗어 나와 있었다. 어둡지만 그 형체만은 선명했다. 검정 양말. 얼굴이나 상반신은 소파에 가려 보이지 않았다. 은영은 골프 가방과 핸드백을 신발장 옆에 내려 두었다.

은영은 소파 쪽으로 걸어갔다. 사내는 소파와 콘솔 사이에 모로 누워 있었다. 등 뒤로 손목이 엑스 자로 묶여 있고, 발목도 일자로 묶여 있었다. 입과 눈도 가려진 채였다. 사내를 묶고 가린 것은 청 테이프였다. 부엌 서랍장에 있던 굵은 청 테이프. 쓸데없이 굴러다니던 청 테이프.

상황은 은비에게 들었던 것보다, 얘기를 듣고 상상했던 것보다, 훨씬 심각해 보였다. 그의 코밑으로 손가락을 가져갔다. 뜨거운 콧김이 느껴졌다. 그의 가슴이 규칙적으로 오르락내리락했다.

안도의 한숨을 폭 내쉬었다. 구부린 몸을 일으키는 사이 기척을 느낀 사내가 몸을 강렬하게 비틀었다. 그 순간, 갑자기 거실이 환해졌다. 눈이 부셨다. 누군가 등 뒤에서 불을 켠 것이었다. 본능적으로 휙 뒤돌아보았다. 스위치를 누른 은비의 손이 허공에서 떨어지고 있었다.

"불 꺼!"

이 동의 모든 거실은 대각선에 위치한 동향의 아파트 복도에서 훤히 보였다. 대각선에 위치한 동에서 과외를 한 적이 있어서 터득한 사실이다. 거실 커튼이 활짝 열려 있었다. 커튼을 닫는 시간보다 불을 끄는 시간이 더 빠를 터였다. 불이 꺼지자 사내의 짤막한 하반신이 어둠 속에 묻혔다. 사내는 어둠에 물든 가뭇한 손가락과 발가락을 꿈틀거렸다.

틈이 보이지 않도록 커튼을 여미고 안방으로 들어갔다. 두 동생들이 조용히 뒤따랐다. 은영은 침대 위에 앉아서 두 다리를 웅크려 모았다. 어지러운 머릿속을 정리해야만 했다. 지금부터는 한 치 앞도 예상할 수 없었다. 도처에 불길한 가능성만이 널려 있는 듯했다.

은재는 바닥에 양반 다리를 하고 앉았고, 은비는 침대에 걸터앉았다. 그들은 누구도 먼저 말하길 주저했다. 두 동생은 미안한 듯 고개를 숙였다.

아무런 해결책이 떠오르지 않았다. 그를 그냥 풀어 주면 아무 문제도 없을까. 경찰서에 신고하는 방법도 있었다. 사내에게 용서를 구하는 방법도 있었다. 은영은 도리질 쳤다. 이미 너무 늦은 것인지도 몰랐다. 자의로 찾아온 사내는 타의에 의해 이 집에 감금된 상태였다.

천장이 평소보다 낮았다. 신짜로 그럴지도 몰랐다. 위층, 같은 라인에서 확장 공사나 보수 공사를 히는 기간엔, 아파트가 조금씩 주저앉는 듯했다. 은비가 천장을 올려다보면서 "너무 조용하니까 이상하다."라고 조잘거렸다. 동시에 거실에서 휴대폰 벨이 울렸다. 은영은 느슨하게 늘어뜨린 몸을 곧추세웠다.

"휴대폰 벨인 거 같은데."

소리가 울리는 곳을 향해 고개를 틀었다. 사내의 양복 호주머니 안에서 파란 점이 깜빡거리고 있었다. 그는 자신의 호주머니 속에 들어 있는 휴대폰이 자기 인생의 마지막 희망인 것처럼 다시금 육체를 비틀며 끙끙댔다.

은비가 두 손으로 입을 가리고 경악했다.

"지금 누가 전화를 걸고 있나 봐."

"목소리 낮춰."

숨이 턱 막혀 왔다. 주먹 쥔 손으로 가슴을 내리쳤다.

"결코 만만한 상황이 아니야."

낙담한 얼굴로 은비를 쳐다보았다. 한 차례의 휴대폰 벨이 멈춘 후였다.

은영은 부엌으로 가서 서랍장을 열고 비닐장갑을 꺼냈다. 뒤에 서 있던 은비가 소리를 죽이고 물었다.

"그건 왜?"

"혹시 휴대폰에 지문이 남을 수도 있잖아."

컴컴한 부엌에서 비닐장갑을 끼려는데 딱 달라붙은 비닐장갑의 양면이 잘 떨어지지 않았다. 그러나 은영은 불을 켜지 않았다. 손가락에 침을 묻혀 비닐장갑을 벌린 후 안쪽으로 후우 입김을 불어 넣었다. 벌어진 비닐장갑 사이로 손가락을 간신히 꺼 넣으면서 부엌에 뚫린 쪽창 밖을 보았다.

멀리 자그마하게 한강이 보였다. 어둠 위로 흩어진 주홍빛이 총총 빛났다. 남향으로 지어진 집에서 한강은 부엌 쪽창과 현관 옆 작은 방에서만 보였다. 그것도 앞의 두 동에 가려져서 한 토막 크기로. 이 집으로 이사 와서 가족들은 거실 유리창도 아닌 부엌 쪽창으로 한 토막짜리 한강이 보인나고 좋아했더랬다. 그랬던 날이 있었다. 이젠 누구도 한강이 보인다고 행복해하지 않았다. 집 어딘가에 붙어 있는 달력에 지나지 않았다. 하지만 은영에겐 언젠가는 기필코 통유리 가득 훤히 드러나도록, 넓히고 싶은 한강이었다.

비닐장갑을 끼고 사내가 누워 있는 쪽으로 걸어갔다. 두 다리가 후들거렸다. 사내 앞에서 쭈그리고 앉아 살며시 고개를 틀었다. 손을 뻗었다. 그의 얼굴을 보지 않고 손으로 호주머니 쪽을 더듬거렸다. 그가 다시금 웅, 웅, 신음하며 몸을 뒤틀었다. 잠시도 가만히 있질 않았다. 호주머니 속 휴대폰이 간신히 비닐장갑 낀 손에 닿았다. 단지 그것은 휴대폰일 뿐이었다. 그런데 딱딱한 고체의 감촉이 손에 닿자 소름이 좍 끼쳐 왔다. 낯선 남자의 바지춤 속에서 단단한 성기를 몰래 만지는 것 같은 기분에 휩싸였다.

2009. 12. 22. 21:46

은영은 두 뺨이 와락 달아올라서 얼른 휴대폰을 꺼내 들었다.

8

은비는 최 원장의 자가용이 어디에 주차되었는지 확인한
다는 핑계로 집을 나올 수 있었다. 아파트 모퉁이를 돌자마
자 휴대폰 전원을 켰다. 그리고 휴대폰을 꺼 놓은 사이 수신
된 문자들을 체크했다. 은재의 담임 주소를 보낸 언니의 문
자와 스타벅스에서 우연히 만난 현필의 문자 이후로 세 통
의 문자가 들어와 있었다.

—왜 자꾸 전화를 피하는 거야. 전화 좀 해 줄래?

—방금 전 너희 집 앞에서 전화했어. 그냥 간다.

—저녁에 뭐하니?

먼저 들어온 두 개의 문자는 지석의 것이었다. 얼마 전 아
파트 단지 안에서 알게 된 순경이었다. 새벽에 클럽에서 만
난 남자가 갤러리아백화점 앞에 내려 줘서 아파트까지 연결

된 인도를 걷다가 치한을 만난 적이 있었다. 같은 시간에 순찰을 돌던 지석의 도움으로 끔찍한 사고는 면할 수 있었다. 지석이 지구대 근무를 마치는 시간에 맞춰 로데오에서 몇 번 같이 밥을 먹은 적이 있었다. 그날 밤의 일이 고마워서지 다른 감정은 없었다. 이후로 지석에게서 성가실 정도로 자주 문자나 전화가 왔다.

은비는 마지막 문자를 보며 멀겋게 흐르는 콧물을 싹 훔쳤다. 마지막으로 온 문자는 킹카 오빠였다. 아마도 마지막으로 접수한 킹카 오빠일 것이었다. 열두 번째 킹카 오빠. 옆에 하트 이모티콘으로 표시를 해 두어서 분별하기 쉬웠다. 킹카 오빠라는 이름이 뜬 남자에게 수신된 문자를 애틋한 눈길로 바라보았다.

지희와 함께 클럽에 갔다가 알게 된, 당일 술값을 다 내준 통이 큰 남자였다. 키가 훤칠하게 컸다. 킬 힐을 신고도 고개를 뒤로 젖혀 올려다봐야 했다. 노란색 비니에 브론즈빛 가죽 재킷을 입고 있었다. 서른 살이 훌쩍 넘어 보였지만 차림새 때문에 훨씬 젊어 보이는 남자였다.

—어머머~ 킹카 오빠^^ 문자를 지금 봤지 모야~ 뭐해요?

그렇게 문자를 찍어 놓고 은비는 제 머리통을 콕 쥐어박았다. 몇 분이 지나도 답신은 오지 않았다. 킹카 오빠들은 인내심이 없는 편이다. 상대는 그 짧은 기다림을 참지 못하고 다른 약속을 잡았을 터였다.

은비는 아쉬움 섞인 탄식을 내뱉으며 지희에게 문자를 찍었다.

—나 좀 구출해 줘.

더 이상 집에 있기 싫었다. 그렇다고 오후 내내 머물렀던 찜질방에 가자니 내키진 않았다. 흥청망청 술이라도 퍼마시면 나아지지 않을까. 지희에게서 곧바로 답신이 왔다.

—무슨 일?

—언니가 잔소리 해 대니 이 몸이 나가셔야지.

—헐, 여왕벌이랑 한바탕 해서 곤란 ㅠㅠ

누군가 이 밤을 함께 보낼 사람이 필요했다. 혼자는 싫었다. 전화번호 저장 목록을 하염없이 내려 보았다. 불러낸다고 당장 뛰쳐나올 사람은 아무도 없었다.

가로등 불빛이 검은 아스팔트 위로 어슴푸레 내려앉고 달은 먹장구름 뒤로 숨어 음산한 달무리를 만들었다. 낡은 아파트 윤곽들이 바람처럼 스치고 지나갔다. 어둠 속에서 낡은 건축물은 흉물스러웠다. 초조한 은비의 손이 호주머니 속으로 쑥 들어갔다. 주머니 속에 있던 라이터가 만져졌다. 꺼내 보니 지희가 찜질방에서 쥐어 준 'BACCHUS'라는 상호가 박힌 라이터였다.

라이터를 자세히 들여다보니 깨알만 한 글씨로 주소와 전화번호가 적혀 있었다. 역삼동이라고 적힌 것으로 보아 역

삼역 일대일 터였다. 은비는 라이터에 적힌 전화번호로 전화를 걸었다. 난삽하고 시끄러운 밴드 음악 속에서 어떤 남자가 전화를 받았다. 정확한 위치를 파악하고 대로로 걸어 나갔다.

등 뒤에서 사이렌이 짧게 울렸다. 뒤돌아보니 경찰차가 느린 속도로 뒤따라오고 있었다. 차창으로 보이는 지석의 얼굴엔 엷은 미소가 번지고 있었다. 은비는 신경질적으로 걸었다. 집을 벗어나고 싶었던 거지 고작 지석을 만나려고 집을 나온 건 아니었으니까.

"어디 가는 길이야? 가까운 데면 태워 줄게."

"내가 무슨 범죄자야? 백차 타고 가게?"

"밤길이라 위험할 것 같아서."

"됐거든. 난 택시 타고 갈 거니까 관심 끄고 일이나 하셔."

"그럼 대로까지 호위해 줄게."

은비는 갤러리아백화점 명품관과 생활관 사이 길을 걸었다. 경찰차가 은비의 그림자를 밟고 있었다. 경찰차 안에서 뿌듯해하고 있을 지석의 얼굴이 떠오르자, 기분이 나빠졌다. 뒤를 흘끔거리며 걸음을 재촉하는데 클랙슨이 빵 울렸다. 갓길에 세워진 람보르기니였다. 람보르기니의 차창이 내려갔다. 은비는 차창 안을 보곤 손뼉을 쳤다.

"오빠! 여긴 웬 일이야?"

"저 앞에 음주 운전 검사하잖아. 여기서 대리 불렀어."

"오빠, 대리 오면 나 클럽까지 좀 태워 줘."

은비는 쫓아오는 경찰차를 눈짓으로 가리키며 눈살을 찡그렸다. 그 정도 부탁은 무리가 없다는 듯 그가 차 문을 열어 주었다.

2009. 12. 23. 00:16

은비는 람보르기니 옆을 지나가는 경찰차를 보며 혀를 날름 내밀었다.

*

은재는 제 방으로 돌아갔다. 큰누나의 신경은 온통 작은누나에게 가 있었다. 큰누나는 작은누나에게 전화를 걸다가 신호 음이 울리는 동안, 지그재그로 방을 돌아다니다가, 공연히 베란다 창을 활활 열어젖히고 텅 빈 놀이터를 바라보다가, 침대에 걸터앉았다가, 다시 작은누나에게 전화를 걸었다. 같은 행동을 반복하고 있다는 것을 큰누나 자신은 모르는 눈치였다. 큰누나의 푹푹 꺼지는 절망적인 한숨 소리가 끝도 없이 이어졌다.

책상에 앉아 게임에 접속하는데 비명이 터졌다. 방을 뛰어나갔다. 큰누나가 석고상처럼 굳어서 개수대 앞에 서 있었다. 두 손으로 입을 가리고. 개수대 수도꼭지에선 물이 철철 쏟아져 내렸다. 핏물처럼 붉은 선홍색 물이. 주전자 위로 쏟아지는 핏빛 물방울이 큰누나에게 튀고 있었다. 눈이 마주친 큰누나는 바닥에 철퍼덕 주저앉아 울음을 터뜨렸다.

"우리가 속았어…… 은비 말을 믿은 내가 바보야."

큰누나는 울먹이면서도 자제력을 잃지 않았다. 결코 언성을 높이지 않고 속삭이듯 말을 이었다.

"누나."

큰누나가 젖은 눈으로 은재를 올려다봤다.

"저 남자 어쩔 거야. 혹시 죽일 거야?"

"……."

큰누나가 소파 옆에 처박혀 있는 사내를 흘긋흘긋 뒤돌아보았다.

"미쳤니?"

"그럼, 어쩌려고…… 이렇게 계속 집에 가둬 둘 수도 없잖아."

"나도 곰곰이 생각하고 있어. 저 남잘 풀어 주고, 우리도 안전할 수 있는 방법을. 그런데 먼저 은비를 데려와야지. 둘이서 합의를 보게 해야 해. 서로에게 아무런 해코지도 하지 않겠다고. 난, 저 사내든 우리든 아무도 다치는 걸 원하지 않아."

"……."

"그나저나 저 남자가 자꾸 눈에 보여서 미치겠어. 은비 올

때까지라도 안 보이는 데 옮겨 놓자."

"어디로."

"저 방 안에 붙박이 창고 있잖아. 혹시 누군가 갑자기 집에 찾아올 수도 있고."

큰누나는 드레스 룸으로 사용하고 있는 부엌 옆의 미닫이 문이 달린 방을 가리켰다.

2009. 12. 23. 01:41

은재는 개수대 앞으로 걸어가서 수도꼭지를 비틀어 잠갔다.

*

4년 전 로또에 당첨되고 나서 일주일 후, 은영은 창밖을 바라보았다. 창밖에 모인 사람들이 웅성거리고 있었다. 로또에 당첨된 사실을 쉬쉬했는데도 소문은 금방 퍼져 나갔다. 당첨금을 받기 전에도 집에는 잡상인들이 들끓기 시작했다. 보험 외판원, 정수기 외판원, 가구 회사 외판원, 옥돌 침대 외판원, 심지어 아이의 수술비며 학비까지 부탁하는 이웃들이 찾아들었다. 집은 일주일 내내 잠시도 평온할 날이 없었다. 그날도 잡상인들과 아이의 수술비를 보태 달라는 이웃과 취재기자까지 집 앞에서 진을 치는 바람에 문을 열고 나

갈 수 없었다.

엄마와 아빠는 집 앞에서 진을 치고 있는 무리를 뚫고 집으로 들어왔다. 신분증과 로또를 챙겨서 농협으로 간 지 다섯 시간 후였다. 은영은 동생들과 함께 거실로 모였다. 33퍼센트의 세금을 제하고 새로 개설한 농협 통장으로 배당금이 들어왔다. 엄마는 쉼표가 세 개나 찍힌 금액이 입금된 통장을 거실 바닥에 펼쳐 보였다.

"이사를 가기로 했다."

"어디로요?"

"음, 압구정. 찬찬히 더 알아보고 결정하려 했는데 그냥 오는 길에 너희 아빠랑 함께 계약을 했어. 마침 비어 있는 집이라서 언제든 들어갈 수 있다니까 우리로선 그보다 좋은 게 없지."

"이사는 언제 하는데요?"

"이번 주말이 손 없는 날이라네. 웬만한 것들은 다 버리고 갈 거니까, 당분간 꼭 필요한 것만 각자 챙기도록 해."

"아파트야? 빌라야? 혹시 또 다 쓰러져 가는 주택은 아니겠지?"

은비가 끼어들었다. 엄미가 처음 보는 토끼털 코트의 소매를 쓰다듬었다. 아빠가 그 틈을 비집고 목청을 가다듬었다.

"아파트야. 뭐 크기는 지금 사는 데랑 별 차이가 없는데, 학군도 좋고, 투자 가치도 있어서 흔쾌히 결정했다. 은영이는 곧 대학에 들어가지만, 은비와 은재는 아직 학교에 더 다녀야 하니까."

"너희들 갤러리아백화점 알지? 그 백화점 바로 뒤에 있는 아파트야."

"뭐라고? 혹시 로데오 앞에 있는 갤러리아? 그 갤러리아 뒤에 있는 아파트야?"

은비가 눈을 동그랗게 뜨고 호들갑을 떨었다. 은비에게 그곳은, 동네 친구들과 무리 지어 원정을 나가는 동네였다. 은비는 제 호주머니에서 재빨리 휴대폰을 꺼냈다. 입가에 웃음이 가득했다. 어딘가로 급히 문자를 보냈다.

가족들은 각자의 방으로 들어갔다. 은비는 제일 먼저 방문에 붙어 있는 종이를 홱 뜯어냈다. 잡지를 오려 낸 것이었다. 영국의 축구 선수 베컴 부부를 공항에서 찍은 사진이었다. 그들은 똑같이 루이뷔통 모노그램 트렁크를 끌고 있었다.

은영은 그때도 은비와 한 방을 쓰고 있었다. 은비가 서둘러 서랍장들을 열어젖혔다. 그 안에 들어 있는 옷가지들을 몽땅 꺼내서 방에 널브러뜨렸다. 다른 때 같으면 은비의 그런 행동에 짜증을 부렸겠지만 그날은 그러지 않았다. 은영도 책장이나 책상 서랍을 열기에 바빴다. 먼저 버려야 할 항목을 쓰는 게 좋겠다 싶어서 수첩을 꺼냈다. 잠시 후 은재가 머리를 긁적이며 방문을 열었다.

"컴퓨터는 어쩌지?"

컴퓨터는 은재가 가장 아끼는 물건이었다. 은재는 방과 후 집으로 돌아오면 밥 먹을 때와 잘 때를 제외하곤 노상 컴퓨터 앞에 붙어 있었다. 은영은 그 점이 항상 걱정스러웠다. 제 친구들과 쏘다니며 밤늦게 들어오는 은비보다 더 염려스러웠다.

은비가 자주 입는 보풀이 인 타월 질감의 분홍색 드레이닝복을 들추었다. 그러곤 주저 없이 큼지막한 주홍색 쓰레기 봉투에 넣으며 깔깔 웃었다.

"그 고물은 어디에 쓰려고. 이사를 안 가도 갠 폐기 처분할 때가 됐어."

"휴, 그렇지."

은비가 옷가지들을 제 몸에 이리저리 대보다가 은재의 맨발을 흘긋 쳐다보았다. 은재가 막 책상 앞의 의자에 앉았다. 의자에서 빠지직하고 조악한 소리가 터졌다. 인터넷에서 아주 싸게 구입한 사무용 의자였다. 은영은 손에 들고 있던 수첩에 의자, 라고 힘주어 적었다.

"아, 이제 지긋지긋했던 버스 전쟁은 끝이구나."

은영은 은재와 은비를 보며 피식 웃었다. 그 무렵 그들은 대지봉으로 학교를 다니고 있었다. 위장 전학이었다. 은영의 성적이 그 지역에서 상위권이리는 이유로 깅행된 전학이었다. 은영이 중학교 1학년 때부터였다. 은비와 은재는 각각 초등학교 4학년, 2학년이었다.

그들은 6년 동안 아침마다 무려 두 시간씩을 정류장과 도로에 버려 가며 통학했다. 성남에서 대치동은 결코 가까운 거리가 아니었다. 학교까진 버스를 두 번이나 갈아타야 했다. 출근길의 버스는 언제나 만원이었다. 족히 서너 번 버스를 그냥 보내야만 겨우 올라탈 수 있었다. 시큼하고 눅진한 숨결, 더듬더듬 침입해 오는 손길, 누군가의 짜증스러운 고성, 찢어진 책가방 속에서 사라진 지갑들. 은비는 버스만 타면 심한 차멀미를 했다.

한번은 은재가 우르르 하차하는 승객들 사이에 휩쓸려 엉뚱한 정류장에서 내린 적이 있었다. 버스는 다시 올라타려는 자그마한 은재를 기다려 주지 않고 출발해 버렸다. "아저씨! 아저씨!" 커다란 어른들 틈에 끼어 소리 질러도 버스는 멈추지 않았다. 은영과 은비는 다음 정류장에서 내렸다. 은재가 버려진 정류장까지 달려갔다. 은재는 그 자리에 가만히 서 있었다.

"언니, 그날 생각나?"

"언제?"

"눈이 펑펑 쏟아지던 날."

눈이 펑펑 쏟아지던 날의 기억은 셀 수 없이 많을 터였다. 그러나 은비가 말하는 그날이 어떤 날인지 은영은 바로 알아차렸다. 도로와 인도에 눈발이 사정없이 쏟아졌다. 심한 눈보라 속이었다. 앞이 잘 보이지 않았다. 그래서인지 끝없

이 걷고 있는데도 제자리에서 계속 벗어나지 못하는 것 같
았다.

"내가 4학년 때였지? 폭설 때문에 길이 얼어서 버스 운행
이 중단됐잖아. 정류장에 서 있던 인간들이 발을 동동 구르
면서 어디론가 전화하느라 난리였고. 휴대폰 하나 없이 어쩔
줄 몰라 서 있는 우리 보고, 언니가 대뜸 걷자고 했잖아. 아,
그날 딥다 추웠는데, 어떻게 서울까지 걸어갈 생각을 했어?
바람은 차갑지, 얼굴에 닿는 눈은 따갑지, 신발을 신었는데
도 발가락이 다 얼어붙는 줄 알았어. 그때 은재 발이 동상
에 걸렸잖아."

"기억나."

"솔직히, 이제 와서 말이지만, 언니를 죽이고 싶었지 뭐야.
언니야 공부 잘하는 범생이니까 기필코 학교에 가야 한다고
쳐도, 애꿎은 우리까지 그 지옥 같은 길로 갈 필요는 없었잖
아. 속으로 미친년, 미친년, 계속 퍼부었다니까."

폭설에 갇혔던 그날의 기억이 지금 막 눈밭에서 구른 것
처럼 시리게 떠올랐다. 무심코 수첩 위에 그린 눈송이들이
살아나 방 안에 날리는 듯했다. 인도까지 꽁꽁 얼어서 걸을
때마다 비끄러웠다. 칼바람은 정면에서 드세게 불어닥쳐 얼
굴을 할퀴었다. 시린 눈발이 자꾸만 눈을 찔렀다. 한 걸음씩
내딛을 때마다 시야가 점점 더 희뿌예졌다. 발을 조금만 헛
디뎌도 넘어질 것 같았다. 아무리 걸어도 '서울' 이정표만 나

올 뿐 서울은 나오지 않았다.

"나도 기억나. 큰누나가 장갑까지 벗고 양손으로 우리 꼭 잡고 갔었어."

은재가 나지막하게 중얼거렸다. 조금은 고마움이 어린 표정이었다. 은비가 얼굴에 손부채질을 하며 코웃음 쳤다. 은영은 은비와 은재가 주고받는 말에 끼어들 수 없었다. 그때 자신의 판단이 정당한 것이었는지는 시간이 한참 지난 후에도 의문이었다. 하지만 그때로 돌아간대도 기필코 그렇게 할 것이다. 은영에게 결석이란 있을 수 없는 일이었다.

"참 나, 야! 넌 기본 상식도 모르니? 얼음판에서 손잡고 걷는 건 다 같이 죽자는 거야. 손을 잡고 있는 모두가 저승길이라고."

"뭐, 그래도 결국엔 잘 도착했잖아."

"생각 안 나? 몇 시간을 걸어서 갔는데 결국 학교가 파했어. 발걸음도 떨어지지 않는데, 겨우겨우 복도를 걸어서 교실 문을 열었어. 책상에 앉아 있던 담탱이가 다짜고짜 타박하더라. 왜 이제 온 거냐고. 생판 모르는 사람 주소로 학교 다니는 거니까, 뭐라 설명할 수가 있어야 말이지. 나, 그 자리에서 울었잖아. 몸만 얼었어? 혀까지 얼어붙어서 말이 안 나오더라고. 빌어먹을! 그 담탱이, 우는 날 밀치며 교실에서 쌩 나가 버리더라. 내가 그년을 길에서 마주치면 아주 작살을 내 놓고 말 거야. 어디 보라지. 이사 가서 그 동네 살다 보면

114

오가다 한 번은 마주치지 않겠어?"

은비의 턱관절이 단단하게 부풀었다. 은비 앞에는 버려야 할 옷들이 보란 듯이 산더미처럼 쌓여 있었다. 은재가 조용히 방을 나갔다. 은영은 내일이면 버려질 의자에 앉았다. 또다시 빠지직 소리가 났다. 책상 서랍을 열자 손잡이가 덜렁거렸다. 은영은 버려야 할 항목 적길 포기하고 수첩을 내려놨다.

일주일도 지나지 않아서, 그들은 아빠가 새로 구입한 승합차 한 대에 짐을 실었다. 이삿짐을 실어 나르는 일은 생각보다 간단했다. 대부분의 가구와 집기들은 이미 다 버린 상태였다. 짐이라고 해 봐야 올망졸망한 가방 몇 개와 박스 두어 개가 전부였다. 가족들은 마치 여행을 떠나듯, 언젠간 돌아오기 위한 여행을 떠나듯 가뿐하게 짐들을 실어 날랐다.

그런 분위기 탓이었을까. 엄마가 인근 분식집에서 은색 포일에 싼 김밥 다섯 줄을 사왔다. 은색 포일을 벗기자 차 안으로 고소한 참기름 냄새가 퍼졌다. 누군가 콧노래를 흥얼거리자 나머지 가족들이 리듬에 맞춰 합창을 했다. 기쁘다 구주 오셨네. 만백성 맞으라! 그저 웃는 얼굴로 김밥을 나누어 먹었다. 그들에게 펼쳐질 미래는 차창 안에 비친 눈부신 햇살처럼 밝아 보였다.

흥겨운 노래를 실은 승합차는 50분을 내달리다가 갤러리 아백화점 앞에서 우회전을 했다. 차의 속도가 줄어들고 회색

빛 아파트 단지가 펼쳐졌다. 아파트 초입에선 백화점 주차장으로 진입하는 차들 때문에 차가 좀처럼 움직이지 않았다. 차창 밖으로 큼지막한 플래카드가 나부꼈다. '축 2차 재개발 추진위원회 결성'이라는 글자가 바람결에 슬쩍 구부러졌다가 다시금 펴졌다.

은영이 아파트를 가까이서 본 건 그때가 처음이었다. 지나가는 버스 안에서 보았을 때보다, 상상 속에서 그렸던 것보다 훨씬 형편없는 외관을 보자 은영은 축 처지는 어깻죽지에 힘을 넣을 수 없었다. 그 뒤로 짙게 드리워진 석양이 차창에 닿은 은영의 뺨을 붉게 물들였다. 여행 가는 기분은 그렇게, 저물녘 석양 아래 조금씩 사라져 갔다.

2005. 1. 8. 17:43

그들은 곧 허물어질 계획인 아파트 단지 안으로 천천히 스며들었다.

9

　은비는 클럽 정문에 서 있는 기도에게 지정 웨이터를 불러 달라고 했다. 곧바로 기도가 무전기를 통해서 웨이터 빅뱅을 호출해 주었다. 정문 위에서 클럽 스팟의 불빛이 휘황찬란했다. 새하얀 빛 덩어리가 은비의 어둑어둑한 얼굴로 눈부시게 쏟아져 내렸다.

　클럽 앞까지 데려다 준 람보르기니 오빠와 함께 놀고 싶었지만 그는 이미 술을 너무 마셔서 힘들다며 은비를 내려 주고 곧장 돌아갔다. 호주머니 속의 라이터는 오는 길에 이미 까마득히 잊은 채였다. 지희를 끌어내기 위해선, 지희와 다시 놀기 위해선, 기꺼이 지희가 꾸민 계략의 공모사가 되어야 한다. 하지만 오늘 당장 치러야 할 일은 아니었다. 그것은 내일도, 모레도, 마음만 먹으면 실행에 옮길 수 있는 일이었다.

클럽 정문으로 달려온 웨이터는 은비를 보자마자 "지희는?" 하고 물어 왔다. 은비와 지희는 바늘과 실처럼 붙어 다니는 사이였다. 은비의 곁에 지희가 없을 땐 누구나 지희에 대해서 묻곤 하였다.

떨떠름하게 웃어 보였다.

"좀 있다 올 거야. 먼저 맥주 좀 마시고 있을 건데 물은 어때?"

좀 더 그럴듯한 대우를 받고 싶어서 거짓말을 내뱉었다.

"영 아닌데. 원정 온 애들이 판치고 있어. 진짜배기들은 왔다가 물이 왜 이 모양이냐고 그냥 돌아갔고."

"아, 날을 잘못 잡았네."

"아 참, 근데 오늘은 룸이 좀 짭짤한데."

이 동네 클럽은 두 종류로 나뉜다. 룸과 테이블로 양주 장사를 하는 클럽과 굉장히 파격적인 음악으로 샴페인이나 맥주 장사를 하는 클럽. 샴페인이나 맥주 장사를 하는 클럽은 젊은 애들이 몰려들었다. 지금 찾아온 이곳도 그런 종류의 클럽이었다. 룸은 단 하나. 클럽 사장의 지인들을 위한 이벤트성 룸이라는 얘기를 들은 적이 있다. 웨이터는 헤실헤실 풀어진 눈웃음을 보내왔다.

"거기 대표가 왔단 말이야?"

은비는 화들짝 놀라서 물었다. 그리고 곧바로 회심 어린 미소를 지었다.

"그렇다니까. 연예 기획사 사장이랑 일 때문에 온 거 같아. 그 기획사 사장이 가끔 연예인들 데리고 놀러 오잖아. 여기 사장이랑 베프라서 의리로 홍보차 그렇게 해 주거든. 아까부터 로얄살루트 행렬이야."

웨이터가 말한 사람, 연예 기획사 사장이 룸에서 접내하고 있다는 사람은, 지희의 아빠일 가능성이 높았다. 웨이터는 분명 최현로펌의 대표가 함께 있다고 언질을 주었다. 얼마 전까지도 로펌의 공동대표였던 지희의 아빠가 지희네 외가의 원조로 로펌 전체를 장악했다는 얘기를 지희에게 들은 기억이 있었다. 분명, 지희의 아빠일 것이었다.

기획사 사장이라면, 언젠가 클럽 안에서 은비에게 명함을 준 사람이기도 했다. 은비는 명함을 받은 즉시 쓰레기통에 날려 버렸다. 이 동네 젊은 여자애들이 꿈꾸는 연예인조차 하고 싶지 않았다. 구속받고 골치 아픈 일이라면 딱 질색이었다. 그런 일을 하려면 기획사 측의 요구 조건에 맞게 행동거지부터 일상생활까지 깡그리 바꿔야 한다는 것도 마음에 들지 않았다. 지희는 그때, 아쉬움을 금치 못하며 명함을 던진 쓰레기통을 기웃거렸다. 자신은 그럴 여건만 되면 한번 해 보겠다며 명함에 저힌 번호로 전화해 보라고 부추겼다. 은비가 거듭 싫다고 하자, 별종이라며 부러움 섞인 야유를 보냈다.

은비는 바에 서서 코로나를 시켰다. 어느덧 코로나 다섯 병이 투명하게 비워진 속을 드러내고 있었다. 코로나 병 안으로 천장에서 쏟아진 알록달록한 조명이 가득 차올라 춤을 추었다. 무거웠던 육신이 쿵쿵 울리는 일렉트로닉 리듬에 맞춰 비눗방울처럼 떠오르는 기분이었다.

휘청휘청 스테이지로 걸어 나가서 춤을 췄다. 별로 신나지도 즐겁지도 않았지만, 익숙한 리듬에 기이한 안도감이 들었다. 조명으로 물든 얼굴들도 보기에 편했다. 춤을 추는 동안에 청바지 뒷주머니에 찔러 넣은 휴대폰이 계속 진동을 해댔다. 이따금 휴대폰 액정에서 깜빡이는 번호를 확인해 보았다. 집 번호와 언니, 은재의 휴대폰 번호가 돌아가며 찍히고 있었다.

휴대폰에서 시선을 떼다가 벽면의 유리 거울을 보았다. 액정을 바라보던 자신의 얼굴과 마주쳤다. 바보, 지금도 지희의 번호를 기다리고 있다니. 거울에서 자신의 얼굴을 일별한 후로 엉덩이를 마구 흔들었다. 더 활달하고 가볍고 유연하고 명랑하게. 주위에서 환호성 비슷한 소리가 울렸다. 룸으로 들락날락하는 여자들을 설핏 보다가 은비는 스테이지를 빠져나갔다. 마침 지정 웨이터가 지나가고 있었다.

"나도 저기 좀 들여보내 줘."

웨이터에게 깜짝 윙크를 날렸다. 눈치 빠른 웨이터가 씩 웃어 보였다.

2009. 12. 23. 02:42

은비는 웨이터의 호주머니 속에 푸릇한 지폐 한 장을 찔러 주었다.

*

은재는 밤을 꼬박 새우고 물을 마시기 위해서 방을 나왔다. 발걸음을 돌리는데 휴대폰 진동 음이 길게 울렸다. 어젯밤, 사내의 바지 호주머니 속에서 꺼낸 휴대폰은 아니었다. 사내의 휴대폰이라면, 혹시 무슨 일이 생길지도 모른다고 염려하며 큰누나가 전원을 꺼 두었다.

마침 방에서 나온 큰누나가 주위를 두리번거렸다. 큰누나의 초췌한 얼굴, 퀭한 눈꺼풀, 바싹 마른 입술이 눈에 띄었다. 지난 몇 시간 동안 수십 년의 세월을 흘려보낸 사람처럼 큰누나는 늙어 있었다.

"은비는?"

큰누나는 약간 정신이 나간 사람처럼 집에 달린 문이란 문은 죄다 열어 보았다. 그리고 은재를 망연히 쳐다보았다. 은재는 힘없이 고개를 저었다. 큰누나는 불안하게 눈을 깜박거리며 입술을 잘근잘근 씹었다. 뜯어진 입술에서 피가 새어 나오는 줄도 모르고.

“오늘 입사 면접이 있는데 어쩌지? 근데 이게 무슨 냄새야?”

큰누나가 코를 잡았다. 드레스 룸 쪽을 살피던 큰누나가 미간을 좁혔다.

“혹시⋯⋯.”

“누나, 다녀와.”

큰누나에게 입사 면접이 얼마나 중요한지는 익히 알고 있었다. 입사 면접 날이 임박해 오면, 부쩍 예민해지고 긴장하는 큰누나였다. 이 사건 때문에 입사 면접을 포기하게 되면, 두고두고 피곤해질지 모를 일이었다.

“저 사람은 어쩌고.”

큰누나가 눈짓으로 미닫이문이 달린 드레스 룸을 가리키며 작게 웅얼거렸다.

“어차피 작은누나가 지금 당장 들어올 것 같지 않아. 누나가 면접 보고 돌아와도 달라질 게 없잖아. 저 사람은 묶여 있으니까 어디로 도망치지도 못해. 내가 감시하고 있으면 별 문제 없을 거야.”

“그런가?”

큰누나는 한참을 망설이다가 샤워를 하기 위해서 화장실로 들어갔다.

2009. 12. 23. 08:27

은재는 제 방으로 들어갔다.

은영은 벗은 옷을 수건걸이에 걸쳐 놓고 욕조로 들어갔다. 샤워기를 틀자 물이 질금질금 흐르더니 뚝 멈추었다. 샤워기에선 물 한 방울 떨어지지 않았다. 다시 수압기를 내렸다 올리고, 가느다란 샤워기 선을 비틀어 보아도 소용없었다. 욕조를 빠져나와 세면대 수도꼭지를 돌려 보았다. 물방울이 서너 방울 떨어지는가 싶더니 더 이상 한 방물도 나오지 않았다. 간밤에 수도꼭지에서 쏟아진 붉은 녹물이 되살아났다. 빈번히 말썽을 일으키는 수도 시설 때문에 버럭 짜증이 났다. 천장에선 드르륵 드르륵 쾅쾅, 확장 공사 소음이 들려왔다.

은영은 걸어 놓은 옷가지를 다시 챙겨 입고 화장실을 나왔다. 신경질이 목구멍까지 치밀었으나 감정을 다독였다. 인터폰 수화기를 들었다. 여보세요! 경비실 초소에서 경비원의 새된 음성이 들려왔다. 예의를 갖춰 정중한 음성으로 말했다.

"아저씨, 여기 물이 안 나와요."

"아이고, 사흘 전부디 공지 세시판이랑 엘리베이터에 붙여 놓았는데, 못 봤어? 오늘 오전부터 정오까지 물탱크 청소하는데. 허, 글쎄 주민들이 뭐라고들 난린 줄 알아. 물탱크에 시체를 담가 놨느냐고 따지지 뭐야. 시체를 담가 놨느냐고 아우성인데 어째. 청소라도 해 줘야지."

집엔 식수조차 남아 있지 않았다. 물이라곤 개수대 위에 누군가 마시다가 남겨 둔 보리차 반 컵뿐이었다. 할 수 없이 다시 옷가지를 챙겨 입었다. 손수건을 꺼내 와서 컵을 기울였다. 물 적신 손수건으로 얼굴만 대강대강 문질렀다. 젖은 손수건에선 시멘트의 씁쓸하고 시큼한 냄새가 희미하게 풍겨 왔다. 찝찝했지만 다른 방도가 없었다.

오늘 면접 볼 회사는 화장품 회사여서 면접 시 용모를 많이 따질 터였다. 깔끔하게 세안을 하지 않은 게 내심 걸려서 화장품을 더 꼼꼼히 칠했다. 작은 눈을 최대한 뚜렷이 보이려고 마스카라를 떡칠했다. 립스틱도 펄이 들어간 화사한 체리핑크를 여러 번 덧발랐다. 각 진 턱을 갸름하게 만들기 위해서 브라운 톤으로 광대뼈부터 턱까지 두들겼다. 거듭 손을 놀릴수록 화장은 짙어질 따름이었다. 얼굴이 점점 천박해지는 것 같았다. 그나마 남들이 똑똑해 뵌다고 하는 인상도 남아 있지 않았다. 입사 면접을 보러 가기 위한 화장이라기보다는, 어디 클럽에 놀러 가기 위한 화장처럼 어색하기만 했다. 지우고 다시 새뜻하게 화장을 하고 싶었지만 충동을 억눌렀다. 씻을 물조차 없었으니까.

부엌 옆 미닫이문을 열었다. 드레스 룸 안으로 들어가서 옷걸이에 걸린 옷을 들었다. 그제 저녁 입사 면접을 위해 반듯하게 다림질해 둔 검은색 스커트 정장이었다. 바지 정장보다는 치마 정장이 면접관들에게 더 좋은 인상을 심어 준다. 무릎까지 내려오는 타임의 H라인 스커트는 단정함이 강조되는 디자인이다. 입사 면접 때 입기 위해 일부러 구입한 스커트 정장이었다. 이월 상품을 파는 아울렛 매징까지 가서 할인 가격에 또다시 20퍼센트 할인을 받고 산 게 막 취업 준비를 하기 시작한 석 달 전이었다.

좁아터진 드레스 룸 안에 시큼하고 찝찌름하고 비릿한 냄새가 낭자했다. 콧구멍을 벌름거리며 냄새를 찾았다. 턱을 틀었다. 붙박이 창고의 문틈으로 물기가 가느다랗게 흘러내리고 있었다. 연한 회색 벽지보다 더 짙은 회색 물기가 벽에 뿌리 문양을 만들고 있었다.

문을 열었다. 사내의 바지춤이 흥건하게 젖어 있었다. 오줌을 지린 것이다. 바닥에도 물기가 축축했다. 기척을 들은 사내가 사시나무처럼 몸을 떨며 끄응 신음을 토했다. 테이프로 눈과 입을 가린 얼굴이 지난밤보다 파리하게 질려 있었다. 언제까지 이 더러운 꼴을 봐야 한단 말인가.

호흡을 고르고, 드레스 룸을 나왔다. 검은색 투 버튼 재킷 안에 푸른색 셔츠를 입었다. 보편적으로는 하얀색 셔츠를 선호하지만, 이번엔 자신감과 생기를 강조하고 싶었다. 푸른색 셔츠는 화려한 색감의 넥타이를 매지 않아도 타인의 시선을 끌었다. 빳빳하게 풀을 먹인 푸른 목깃이 목을 감쌌다.

귀걸이나 목걸이 같은 액세서리를 착용할지에 관해서는

조금 망설여졌다. 회원 수 100만 명이 넘는 인터넷 취직 정보 카페에서 액세서리에 관한 질의문답을 읽은 기억을 더듬어 보았다. 화려한 것보다 깔끔한 게 좋다는 의견이 우세했다. 화장대 위 나무 상자 안을 뒤적거리다가 눈에 띄지 않을 크기의 원형 귀걸이를 들었다.

클립식 귀걸이였다. 새끼손톱만 한 원형 테두리에 은빛 큐빅이 점점이 박혀 있었다. 귀걸이는 은비의 것이었다. 은비는 제 가방이나 액세서리, 옷을 다른 사람에게 빌려 주는 것을 몹시 싫어했다. 그게 피를 나눈 가족일지라도 예외는 아니었다. 은비가 집에 없는 게 한편으로 다행이었다. 처음으로 입사 면접을 위해 귀걸이를 하고 집을 나섰다.

2009. 12. 23. 09:42

은영은 당찬 걸음으로 복도를 걸어 나갔다.

10

은비가 눈을 뜬 곳은 침침한 모텔 방 안의 침대 위였다. 팥죽색 커튼 틈새로 새하얀 빛 한 줄기가 눈살을 비집고 들어섰다. 커튼 속의 고요한 정적, 창 밖에서 들려오는 자동차 소음, 오후의 날카로운 빛. 두통이 밀려왔다. 두개골이 갈라질 것 같은, 극렬하게 불편한 두통이었다.

머리통을 움켜쥐고 몸을 일으키는 순간, 밤새 닥치는 대로 폭탄주를 들이마셨던 기억이 되살아났다. 연달아 파편적으로 되살아난 기억들이 날뛰고 있었다.

웨이터의 손에 끌려서 룸으로 들어간 은비는 룸에 있던 남자들로부터 영화배우 이연희를 닮았다는 칭찬을 듣고 소금 고무되었다. 이미 취기에 온전히 몸을 가누지 못하고 있었다. 소파 끄트머리에 새침하게 엉덩이를 걸치고 앉은 은비는, 언젠가 백화점 앞으로 지희에게 용돈을 주기 위해 찾아왔던 지희 아빠의 얼굴을 기억해 내고자 눈을 꾹 감았다가 떴다. 룸 안에는 중년 남자들 여럿이 앉아서 술을 마시고 있었다. 누가 누구인지 구분하기가 어려웠다. 모두가 부유해 보이는 중년 남자들일 따름이었다. 술잔 사이로 오가는 대화 내용을 엿들어도, 업무상 대화가 아니었다. 누군가가 은비 앞에 놓인 스트레이트 잔에 갈색 양주를 부어 주었다.

그리고 새벽에, 그곳을 나와서 누군가와 이 방으로 들어왔다. 남자일 것이고, 룸에 있던 사람들 중 한 명일 것이었다. 그에게선 미미한 담배 냄새와 스킨 향이 났다. 지독하지 않은 상큼한 냄새였다. 그 냄새가 스멀스멀 새어 나오는 옆구리로 은비는 제 뾰족한 콧날을 들이밀었다. 그 속으로 잔인한 밤을 구겨 넣고 싶었다.

그 남자가 지희 아빠였을까? 알 수 없었다. 만약 그렇다면 불행 중 다행이다. 적어도 목적은 달성한 셈이니까. 미니 냉장고 문을 열었다. 생수병을 들고 시원한 물을 벌컥벌컥 들이켜자 메스꺼웠던 속이 일시적으로 가라앉았다. 몸을 비틀자 다시 속이 울렁거렸다. 방 벽이 빙그르르 돌았다. 머리통을 마구 흔들었다.

"아이, 씨팔. 이거 완전 똥 밟은 거 아니야?"

침대 밑 쓰레기통으로 생수병을 던졌다. 무언가 생각났다는 듯이 쏜살같이 달려가 쓰레기통 안을 들여다봤다. 뭉친

휴지가 굳어 있다. 굳은 휴지를 꺼내 올리자, 꾸덕꾸덕 말라붙은 콘돔이 딸려 올라왔다.

재빨리 휴대폰을 찾았다. 혹시 휴대폰에 마지막으로 전화를 건 사람이 있다면, 이 방에 함께 들어온 남자일 것이다. 열세 번째 킹카 오빠의 전화번호! 지금으로선 그게 유일한 단서다. 휴대폰엔 콜 키퍼 서비스로 들어온 언니와 은재의 번호가 수두룩했다. 얼마나 전화를 많이 해 댔는지 세어 볼 수조차 없을 정도였다. 그 외엔 지석과 통화를 한 흔적이 남아 있었다. 그리고 새벽 5시 7분에 찍힌 번호. 그 번호엔 이름이 따로 저장되지 않았다.

이름 없이 찍힌 번호로 전화를 걸어 볼까 망설이는데 휴대폰 벨이 울렸다. 지희였다. 한결 상냥하고 다정한 어감이었다. 자신이 미처 알지 못하는 어떤 단서를 지희가 쥐고 있는 게 아닐까. 그래서 지희의 기분이 새삼 달라진 게 아닐까.

"빨대, 어딘데?"

"몰라."

"간밤에 또 엄청 퍼부었지? 해장이나 하자."

은비는 화장실로 들어가서 얼굴을 적시고 나왔다. 두말할 것 없이 집으로 돌아가는 게 마땅하지만, 돌아가서 들어야 할 타박과 원망이 불 보듯 뻔했다. 모든 게 귀찮았다. 자신을 향한 비난과 맞서 싸울 기력도 없었다. 그리고 지희에게 캐물으면 어떤 단서가 잡힐지도 몰랐다. 캐묻기 전에 지희가 먼저 말해 줄지도 몰랐다. 간밤의 사건에 대해서.

2009. 12. 23. 12:03

은비는 핸드백을 들고 허둥지둥 모텔을 빠져나갔다.

*

은재는 학교에 가지 않았다. 어차피 오늘은 겨울 방학식 날이다. 몸이 아파서 학교에 가지 못한다고, 담임에게 전한 건 큰누나였다. 큰누나는 통화를 마치고 서둘러 검은색 스커트 정장을 차려입었다. 집을 나서기 전에는 잠깐 은재의 방문을 열었다.

"은재야, 혼자 있어도 괜찮겠어?"

몹시 미안하다는 투였다. 은재는 컴퓨터 책상 앞에 앉아 고개를 끄덕였다.

30여 분쯤 지났을 때 누군가 방 창문을 두들겼다. 은재야, 은재야, 부르는 소리가 큰누나의 목소리였다. 창문을 조금 열어 보았다. 창문을 여는 손바닥에 땀이 배어 끈적거렸다. 창문 틈으로 큰누나의 얼굴이 절반만 드러났다. 큰누나는 멋쩍은 얼굴로 제과점 봉지를 들어 올렸다. 그리고 창살 사이로 빵이 든 봉지를 쑤셔 넣었다. 불룩한 빵들이 창살 사이를 통과하다가 납작해진 채로 은재의 손으로 들어왔다.

받아 든 봉지를 침대 위에 내려놓고 재빨리 창문을 닫았다. 닫혀 가는 창문 틈으로 큰누나가 간곡하게 부탁했다.

"은재야, 빵이라도 먹어 둬. 알았지? 그리고 너무 걱정하지 마. 아무 일도 없을 거야."

방은 그대로였다. 어제와 무엇 하나 달라진 게 없었다. 바깥의 소음과 바람을 차단하지 못하는 낡고 헐서운 창문, 누렇게 바랜 연회색 벽지, 책장과 책상이 기역 자로 연결된 오크목 책상, 나뭇결 문양의 모노륨 바닥. 방 바깥에 테이프로 묶인 사내가 있다는 것 말고는 어제와 똑같은 오늘의 배경이 에워싸고 있었다. 단지 어제의 낯선 사내가 오늘은 낯설지 않을 뿐이었다.

은재와 사내만 남은 집. 작은누나의 말에 의하면 사내는 압구정역 근처에서 성형외과를 운영하는 의사였다. 같은 아파트 단지 내에 살고 있다고 했다. 아내와 슬하에 두 아이를 둔 가장이었다.

빵 봉지를 들고 방을 나갔다. 식탁 위에 사내의 주머니에서 나온 그의 소지품들이 놓여 있었다. 어젯밤에 큰누나가 비닐장갑을 낀 손으로 그의 바지와 바바리 주머니에서 소지품을 몽땅 꺼냈다. 재규어 로고가 박힌 차 키엔 두 개의 열쇠가 매달려 있었다. 가족사진이 꽂혀 있는 섬은색 루이뷔통 반지갑과 혈당 체크 기계도 나왔다. 휴대폰을 포함해 그의 소지품은 총 네 가지였다.

입맛이 뚝 떨어졌다. 사내가 웅, 웅, 신음하고 있었다. 미닫이문을 열고 드레스 룸으로 들어갔다. 평소 쓰지 않는 이불을 들고 붙박이 창고의 문을 열었다. 초인종이 울렸다. 초인종에 이어 현관문 두들기는 소리가 연거푸 울렸다. 잠시 후 "은재야! 은재야!" 부르는 소리가 들려왔다. 옆집에서 달려온, 인주의 목소리였다.

이불로 사내의 머리 위에서부터 몸 전체를 덮었다. 두꺼운 이불 속에서 신음이 잦아들었다. 창고 문을 닫고 걸어 잠그려는데 열쇠가 보이지 않았다. 다시금 문을 꾹 밀고 부리나케 달려 나왔다. 소파 위에 놓인 리모컨을 집어 들었다. 텔레비전을 켰다. 볼륨을 한껏 높였다.

인주가 퍼렇게 물든 눈두덩을 하고 현관 앞에 서 있었다. 은재가 비키지 않고 서 있자 인주가 막무가내로 은재를 밀치며 집으로 들어왔다. 은재는 그녀의 등 뒤에서 얼른 제 이마에 배어난 땀을 소매로 닦았다.

"텔레비전 보고 있었니?"

"왜? 왜요……."

"아니, 무슨 소리가 들려서."

은재는 고개를 주억거렸다.

"어깨가 탈골됐대. 아직 병원에 있는데 내일이면 퇴원할 거야. 엄마가 잠깐 봐주겠다고 눈이라도 붙이고 오래서."

인주는 아무런 감정도 없는 표정이었다. 그저 많이 지쳐 보였다. 인주가 사방을 둘러보았다. 인주의 시선이 미닫이문으로 차츰 다가가고 있었다. 은재는 인주의 팔을 세차게 끌어당겨서 제 방으로 들어갔다. 한 번도 먼저 저돌적으로 나온 적이 없었던 탓일까. 인주는 무척 놀라는 눈치였다.

인주의 점퍼를 벗겼다. 점퍼 사이에서 얇은 오리털이 빠져나와 허공으로 날렸다. 목까지 올라오는 스웨터를 벗기는 건 쉽지 않았다. 스웨터의 쫀쫀한 목 부위가 인주의 턱에 걸려 머리 위로 빠지지 않았다. 스웨터를 억지로 끌어당겼다. 그 바람에 인주의 턱이 끝까지 올라갔고 인주가 스웨터 속에서 아야, 탄성을 질렀다.

그녀의 가랑이를 벌려서 두 다리의 종아리를 붙잡았다. 조금만 세게 잡아도 툭 부러질 것 같이 얇은 종아리였다. 허벅지엔 얼룩덜룩 멍이 들어 있었다. 상체를 90도로 세워서 몸을 움직였다. 아무리 빨리 움직여도 저 멀리 떨어져 있는 짜릿한 순간이 좀체 다가오지 않았다.

인주는 평소처럼 신음을 흘리지 않았다. 은재는 끝내 사정을 하지 못하고 인주의 가슴에 몸을 늘어뜨렸다.

"날 사랑하니?"

인주가 물었다. 은재는 상체를 들어 올렸다. 그녀는 은재를 똑비로 쳐다보았다. 심각하고 진지한 눈빛이었다. 언제나 픽픽 웃으며 능청스럽던 인주였다. 이 모습이 너무 낯설어서 은재는 딴청조차 부릴 수 없었다. 그녀를 가만히 내려다보는 것 외에 아무것도 할 수 없었다.

"여길, 뜰 거야."

"……."

"어디로 가는 게 좋을까?"

비장한 말투였다. 은재는 인주를 끌어안았다. 그녀의 몸이 집 안의 싸늘한 공기에 식어 가고 있었다. 시체처럼 차가운 몸 위에서 가파르게 날뛰던 맥박이 외피를 뚫고 빠져나가는 듯했다. 맥박은, 어두운 거실로, 사내가 갇힌 드레스 룸의 붙박이 창고 안으로, 방금 전 손을 씻었던 화장실로 쿵쾅쿵쾅 순회했다. 온몸이 노곤해지는 듯했다. 몸을 일으켰다가 다시 인주를 끌어안았다. 인주가 손을 뿌리치고 재빠르게 팬티를 입었다. 분홍색 팬티가 뒤집어진 채 인주의 엉덩이를 감쌌다.

"팬티가 뒤집어졌어."

"처음이네. 매번 모른 척하더니."

인주가 책상 위에 있던 베이비 인터폰을 들고 방을 나갔다. 그녀는 제 시간이 허락될 때 무작정 찾아오듯 떠날 때도 제멋대로 떠났다. 언제나 그렇듯이, 마치 이번이 마지막인 것처럼. 하지만 이전과는 다르다. 이번엔 돌아갈 준비를 하는 그녀가 아니라, 떠날 준비를 하는 그녀가 아닌가. 처음으로 창문을 열고 창살 사이로 지나가는 그녀의 모습을 지켜보았다.

2009. 12. 23. 11:27

은재는 사흘 전 벽과 책상 사이에 쑤셔 넣었던 커다란 검
은색 배낭을 꺼냈다.

‖

은영이 아파트 출입구에 다다랐을 때 경비원이 바둑판만
한 널빤지를 들고 걸어오고 있었다. 무심코 널빤지를 보았
다. 널빤지 위에 쥐 잡는 끈끈이 액이 낭자했다. 자그마한 비
둘기 몸뚱어리의 절반이 널빤지에 착 달라붙어 있었다. 인
상을 찡그리며 상체를 뒤로 젖혔다.

"에이, 쥐를 잡으려고 놨는데 비둘기가 붙었지 뭐야."

경비원은 묻지도 않았는데 혼자서 투덜거렸다. 비둘기는
죽은 듯 움직이지 않았다. 비둘기 눈이 끔뻑거리는 것을 물
끄러미 바라보았다. 고통이라곤 느껴지지 않는 쌀 한 톨 크
기의 주홍색 끔뻑거림. 속에서부터 와락 올라온 신물이 목
구멍에서 불어나고 있었다.

"이제 뭐 한시름 덜었지. 이 더러운 비둘기들이 유해 동물
로 선포되었으니까."

경비원은 널빤지를 들고 쓰레기장 앞으로 갔다. 그리고 음
식물을 담는 쓰레기통 뚜껑을 열었다. 비둘기라면 몰라도,

널빤지는 음식물 쓰레기통에 넣을 수 없었다. 널빤지를 던져서는 안 될 텐데. 땅바닥을 보며 속으로 중얼거렸다. 경비원이 널빤지를 쓰레기통 안에 휙 던졌다. 쓰레기장 안으로 날아드는 널빤지에서 끈끈이에 붙지 않은 비둘기의 한쪽 날개가 파닥거렸다. 그 위쪽에 설치된 CC카메라가 이곳을 지켜보고 있었다.

그 순간, 뇌리에 선명한 빗금이 갔다. CCTV가 있다는 걸 잊었다니! 결정적 단서는 경비원의 시선도, 출입 기록 노트도 아니었다. 서둘러 관리실을 향해 걸음을 재촉했다.

아파트 통합 관리실이 위치한 옆 동 아파트 지하로 내려갔다. 책상 앞에 앉아서 사무를 보던 관리실 직원에게 어제 치의 CCTV 기록을 보여 달라고 요청했다. 직원은 왜 그러느냐고, 사무적인 톤으로 물어 왔다. 집 안에 있던 물건이 없어졌다고 대답했다. 도둑이 든 것 같다고, 그게 어제 일어난 일이라는 말도 잊지 않고 덧붙였다.

"그런 일로 종종 찾아오는 사람들이 있는데요, 대갠 잡기 어렵더라고요."

관리실 직원이 난감한 기색으로 머리를 긁적였다. 그리고 어제 날짜로 녹화된 CCTV를 보여 주었다. 빠르게 보기로, 녹화된 장면들이 지나갔다. 은비가 외제 차를 타고 집을 나가는 장면, 은재가 무단 조퇴를 하고 고개를 푹 숙인 채 출입구로 들어가는 장면, 자신이 골프 가방을 맡기는 장면, 경비원이 황금 중개인 여자에게 담배 한 보루를 받는 장면도 지나갔다. 짐작되는 시간이 있다면서, 최 원장이 집으로 왔던 시각의 30분 전부터의 기록을 꼼꼼히 살폈다.

현관문을 열고 집으로 들어섰다. 사내를 지키고 있겠다던 은재는 보이지 않았다. 천장에선 며칠째 거침없이 울리는 드르륵 드르륵 쾅쾅 소리가 들려오고 있었다. 텔레비전 볼륨도 커다랗게 울리고 있었다.

제일 먼저 은재의 방문을 열어 보았다. 은재가 책상에 앉아 있었던 흔적과 메모지 한 장이 남아 있었다.

누나, 물 좀 사러 나갔다 올게.

집 전화벨이 요란하게 울렸다.

은영은 침착하게 전화를 받았다. 민우의 모친이었다. 그녀는 휴대폰이 연결되지 않아서 부득이하게 집으로 전화를 걸었다고 했다.

"은영 학생, 지금 집이죠?"

"네, 어머님."

"내가 은영 학생이랑 긴히 할 얘기가 있어서 잠깐 들르려고 하는데."

"저희 집에요? 아, 아니에요, 번거로우실 텐데 급한 일이시면 지금 제가 찾아뵐게요."

"아니야, 나 지금 은영 학생이 사는 동에 볼일이 있어서
온 김에 잠깐 들르려고. 여기 경비실에서 은영 학생이 집으
로 들어간 걸 봤다고 해서 전화해 봤어요."

오한이 든 것처럼 온몸이 으슬으슬 떨렸다.

"저, 저……."

"왜, 곤란한가?"

민우의 모친은 다소 섭섭한 기운이 도는 냉랭한 어감으로
말끝을 올렸다.

식탁 위에 놓인 사내의 소지품이 시야에 들어왔다. 소지
품을 그러모아서 제 핸드백 속에 우겨 넣었다. 미닫이문을
열어젖히고 사내를 불렀다. 이봐요, 이봐요. 사내는 대답이
없었다. 입이 틀어막혔으니 대답할 수 없는 건 당연하다. 기
척이 들리면 끙끙 신음이라도 내뱉을 텐데 어쩐지 조용하기
만 했다.

안심하고 뒤돌아서는데 등 뒤에서 우당탕탕 소리가 들려
왔다. 사내와 함께 창고에 들어 있던 물건들이 쏟아져 나왔
다. 어쩐 일인지 이불까지 바닥에 떨어져 있었다. 테이프로
가려진 사내의 눈 부분이 은영 쪽을 똑바로 올려다보고 있
었다.

그의 셔츠가 젖어 있었다. 숱이 적은 머리카락도 흠뻑 젖
어 있었다. 그가 턱을 쳐들고 은영을 향해 애걸하듯 신음했
다. 눈이 가려진 그는 마치 앞을 보고 있는 듯했다. 웅, 웅,

하는 그의 신음이 짜증스러웠다. 화가 치밀었다. 사내와 승강이를 벌일 시간이나 여력이 없었다. "조용히 해!"라고 다그치듯 뇌까렸다. 그는 신음을 멈추지 않았다. 필사적으로 몸뚱어리를 비틀었다. 그물에 건져 올린 축축한 물고기처럼, 비너스 통 안에서 퉁겨 오르는 로또 볼처럼, 파닥파닥, 힘차게 날뛰었다.

혼자 힘으로 날뛰는 사내를 창고에 넣을 수 없었다. 일단 미닫이문을 닫고 나오자, 미닫이문이 덜컹거렸다. 불투명한 유리 안에서 큼지막한 그림자가 어룽거렸다. 미닫이문을 다시 열어젖혔다. 문 앞까지 굴러온 사내가 미닫이문 앞에서 웅크리고 있었다.

커다란 텔레비전 소리와 위층의 확장 공사 소음만으론 안심할 수 없었다. 다시 미닫이문이 달린 방으로 들어가려는데 창 밖, 복도 쪽에서 또각또각 발자국 소리가 어렴풋이 들려왔다. 조금 전 전화를 주었던 민우의 모친일 것이었다. 부엌 쪽창을 보았다. 쪽창의 유리문은 꼭 닫혀 있었다. 자그마한 유리문 밖으로 은회색 밍크 숄이 반짝이며 지나가고 있었다.

머릿속은 아주 작은 실마리조차 잡을 수 없도록 뒤엉켜 버렸다. 처음엔 사내의 신음을 막을 수 있는 무언가를 찾다가, 돌연 생각을 고쳐먹었다. 무작정 손에 잡힐 만한 것을 찾았다.

입술을 깨물고 황망히 주위를 둘러보았다. 심장 가운데가 홧홧 달아올랐다. 불덩이처럼 뜨겁고 거친 심장박동이 몸피를 뚫고 나올 듯했다. 여기서 물러서고 싶지도, 주저앉고 싶지도 않았다.

신발장 앞으로 달려가서 은비의 킬 힐을 손에 쥐었다. 고작 이것으로는 불가능했다. 시간이 없었다. 연거푸 초인종이 울렸다. 신발장 옆에 골프 가방이 세워져 있었다. 황급히 지퍼를 열고 아이언 골프채를 꺼내 쥐었다.

2009. 12. 23. 12:54

은영은 골프채를 섣불리 놓치지 않도록 꽉 움켜쥐었다.

11

은비는 모텔 앞에 끽 소리를 내고 선 BMW X5 뒷좌석의 문을 열었다. 평소라면 지희의 옆자리에 앉았겠지만 오늘은 뒷좌석에 올라탔다. 보조석엔 모자를 눌러쓴 대니가 앉아 있었다. 핸들을 잡은 지희는 은비를 흘긋 뒤돌아보곤 코를 잡았다. "어휴, 술 냄새!" 은비는 쓴웃음을 지으며, 모텔 방에서 들고 나온 생수통을 입에 댔다.

대니가 근방의 식당 몇 군데를 언급했다. 지희가 못마땅하다는 듯 입을 삐죽거리며 머리를 흔들었다. 대니는 지희가 보고 한눈에 반한 호스트였다. 이전까진 호스트바에 놀러 가도 초이스를 할 때마다 민기 탐탁지 않아 했던 지희였다. 대니는 키도 그리 크지 않고, 연예인 뺨치게 잘생긴 얼굴도 아니어서 의아할 따름이었다. 지희는 대니를 처음 본 그날,

대니가 딱 제 타입이라며 팁을 두 배로 주기까지 했다. 그리고 대니가 일하지 않는 시간엔 불러내서 늘 붙어 다녔다. 이따금 혼자 사는 대니의 집에서 자기도 했다. 그런 지 두 달째였다.

차 안엔 파로브 스텔라의 「어 나이트 인 트로인(A night in troin)」이 쾅쾅 울렸다. 리듬을 따라서 흥얼거리던 지희가 오디오 볼륨을 높였다. 그러곤 "우리 이대로 미사리까지 달릴까?" 상기되어 말했다. 옆 좌석에 앉은 대니가 슬쩍 손목시계를 보았다.

"아직 3시니까 갔다 와도 되겠다."

대니가 가게 출근 시간을 염두에 두고 말하는 것임을 알아차렸다. 미사리엔 또래 친구 셋이 가서 먹을 식당이 마땅치 않았다. 속이 울렁거려서 오랜 시간 차에 있는 것도 불편했다. 그러나 집으로 돌아가는 것도 내키지 않았다. 가지 않겠다는 말을 삼켰다.

청담동에서 삼성동까지는 일반 도로를 타고 달렸다. 잠실 주경기장까지 직행하면 올림픽대로 강일, 하남 방향으로 빠지는 길이 나왔다. 그 길로 직행하면 미사리다. 차는 지하철 공사가 한창인 코엑스 사거리에서 멈췄다. 빨간불이었다.

"아 참! 오늘 보스 패밀리 세일 한다고 했다!"

지희는 나머지 두 사람에게 의견을 묻지도 않고 왼쪽 차선으로 끼어들려는 시도를 했다. 지하철 공사가 한창인 사거리의 차들은 좀체 비켜서지 않았다. 지희가 핸들을 틀고 앞 범퍼를 무작정 밀어 넣었다. 사방에서 신경질적인 클랙슨 소리가 울렸다.

2009. 12. 23. 13:02

차는 좌회전 신호가 떨어진 유턴 금지 지역에서 날렵하게 유턴을 했다.

*

은재는 갤러리아백화점 건너편의 편의점으로 들어갔다. 제 또래 여자애가 파란색 조끼를 입고 카운터를 보고 있었다. 1.5리터 생수 한 병과 500리터 생수 한 병을 양손에 들고 카운터 앞으로 갔다.

만 원 지폐 한 장을 내밀자, 파란색 조끼를 입은 아르바이트생이 고개를 갸웃했다.

"혹시 C고등학교?"

잔돈을 받으며 아르바이트생을 흘긋 내려다보았다. 낯이 익었다. 같은 반 남학생들의 환심을 사고 있는 그 여학생인 듯했다. 화실치는 않았다. 다른 남학생들이 창가에 몰려들어 우우, 탄성을 지를 때 얼핏 보았던 얼굴은 선명하지 않았다. 그 여학생일 수도 있고, 같은 학교의 다른 여학생일 수도 있다.

작은 생수병을 따서 목을 축였다. 편의점을 나오는데 아르바이트생이 손을 흔들었다. 무언가 께름칙한 기운이 돌아서 뒤돌아보았다. 그때까지도 아르바이트생의 손이 허공에서 한들거렸다.

"설마……."

몇 걸음 내딛다가 걸음을 멈추었다.

사내의 지갑 속에 들어 있던 가족사진. 명함 크기의 사진 속에 박혀 있던 가족들의 얼굴이 떠올랐다가 이내 사라졌다. 또래 여자애가 사내의 어깨 언저리에 손을 얹고 있는 사진이었다.

2009. 12. 23. 13:04

은재는 집으로 발걸음을 재촉했다.

*

은영은 은회색 밍크 숄을 바라보았다. 방금 전 민우의 모친이 집에 들어오자마자 어깨에 두른 밍크 숄을 벗어서 "여기 둬도 될까?"라고 물어 왔다. "그러세요."라고 대답하자 그녀가 밍크 숄을 식탁 의자 위에 얌전히 걸쳐 두었다.

얼른 신발장을 열어서 그녀가 신을 슬리퍼를 들고 왔다.

이사 온 첫해에 이마트에서 식구 숫자만큼 사 온 슬리퍼였다. 커피색 체크무늬가 들어간 슬리퍼는 여태 한 번도 빨지 않았지만 새것 같았다. 가족 중엔 집 안에서 슬리퍼를 신는 사람이 아무도 없었다.

대화 도중엔 절대로 뒤를 돌아보지 않았다. 급하게 감은 머리카락에서 물기가 뚝뚝 흘러내려 어깨를 적셨다. 등덜미에 식은땀이 솟았다. 앉아 있는 식탁 의자 등 뒤론 미닫이문이 달린 방이었다. 그 안에서 사내가 발버둥을 쳤었다. 조금 전까지. 불투명한 미닫이 유리문이 날뛰는 그림자를 껴안고 제 등 쪽으로 점점 다가오는 것 같았다. 허벅지에 올려 둔 손을 꼭 움켜쥐었다.

"우리 민지, 앞으로도 잘 부탁해요."

"네."

"저…… 취직이 아직 안 됐다면서요?"

"지금 몇 군데 면접 본 결과가 남아 있어요."

"그래요. 잘됐으면 좋겠네. 은영 학생처럼 똑똑한 사람이 이 사회에서 얼마나 할 일이 많겠어. 저기, 은영 학생, 이런 거 묻는 게 좀 그렇긴 한데, 은영 학생이랑 알게 된 지도 벌써 3년째니까, 내가 편하게 얘기할게요. 듣자 하니 이 집을 안 팔려고 한다는데 무슨 특별한 이유가 있는 건가요?"

"저, 그게……."

"민우가 요새 교제 중인 친구가 있는데 이번에 은영 학생이랑 같이 졸업하나 봐요. 우리가 늦게 결혼해서 늦게 아이들을 낳은 편이에요. 그게 생각보다 불편하더라고요. 젊은 부모들보다 힘에 부치는 게 많거든요. 그래서 나나 바깥양반이나 애들은 좀 일찍 보내고 싶었어요. 봐서, 둘이 진전이 있으면 내년 가을쯤 민우 방위산업체 복무 끝나는 대로 결혼을 시킬까 해요. 본인들도 싫어하지 않는 것 같으니까.”

“잘됐네요.”

민우는 같은 학교를 다니는 이 동네 애들 중에서 자신에게 가장 친절했다. 물론 제 여동생의 과외 선생이라는 점이 작용했을 것이다. 어쨌든 민우가 결혼을 한다면 그 상대가 누구든 축하해 줄 수 있었다. 민우와 친한 건 사실이지만, 학교 동창이나 친구 이상의 관계도 아니었다.

민우를 처음 알았던 대학 2학년 땐 잠깐 민우에게 호감을 느끼는 게 아닌가 싶기도 했다. 이전까진 학교에서 마주쳐도, 민우네 집에 과외를 하러 갔다가 만나도 이성으로서의 관심이 없었다. 같은 동네니까 학교에서 끝나는 시간이 맞으면 민우가 함께 차를 타고 가자고 제안하곤 했다. 집으로 돌아가는 길, 한 평도 안 되는 좁은 공간 안에서 30분 넘게 대화를 나누거나, 차 안에서 오디오 볼륨을 높이려다가 손등이 부딪치면, 달리는 차 안에선 ‘혹시 내가 쟤를 좋아하나?’ 싶은 생각이 들기도 했던 것이다. 그럴 때마다 브레이크를 잡아당기듯이 순간순간의 감정을 지우려고 자제했다. 과

욕은 금물. 은영의 삶의 모토였다. 언제부터인가 은영의 삶은 한 가지 목표를 향해 달려갔다. 번듯한 회사에 취직해서 안정적인 사회인으로 거듭나기. 그것만이 이 암담한 현실에서 자신을 구원해 주리라, 더 넓은 한강을 조망하는 집을 얻을 수 있게 해 주리라, 믿어 의심치 않았다.

"그래서 내가 이 집을 좀 사고 싶은데……."

"저희 집을요?"

"여기가 신접살림하기에 딱 좋은 평수잖아요. 이 단지 내 32평에 볕이 이만큼 드는 동이 없더라고요. 다른 32평은 동향이 많고, 남향이라 하더라도 앞이 막혀서 볕도 잘 안 들고 풍광도 안 좋아요. 저희들끼리 맘껏 달콤한 시간을 나누기엔, 창문에서 앞 동 거실이나 복도가 보이는 게 얼마나 불편하겠어. 사실 부동산에 의뢰해서 좀 알아봤는데, 이 동에 나온 집이 없다고 해서요. 주책인가 싶으면서도 솔직히 그런 거 있죠? 민우 결혼 시켜도 끼고 살고 싶어. 그래야 일주일에 한두 번이나마 얼굴을 보지, 안 그러면 어디 자식 구경이나 하겠어요?"

끼고 살고 싶다는 건 핑계일 터였다. 집값이 다시 오르고 있으니, 욕심이 나는 것이었다. 가진 사람이 더 가지고 싶은 법이다. 그러나 60대의 그녀가 하도 정중하게 예의를 갖춰 존칭을 하는 바람에 허리가 구부정해졌다. 아직까지 차 한잔 내오지 않았다는 사실을 새삼 깨닫고 자리에서 일어섰다.

끓인 물에 녹차 티백을 우려서 쟁반에 받쳐 들고 그녀가 앉아 있는 식탁으로 걸어갔다. 찻잔에 담긴 녹차가 찰랑거렸다. 자칫하면 그녀의 밍크 숄에 쏟아질 수도 있었다. 물이 흐를까 봐 조심조심 보폭을 줍혔다.

"요즘 취직이 어렵죠? 은영 학생처럼 실력 있는 선생이 우리 민아 대학 입학할 때까지 가르쳐 주길 바라는 거야 내 욕심이고, 은영 학생이 원한다면 우리 바깥양반한테 애기를 비쳐 볼까 하는데."

민우의 부친이 유력 인사들과 가깝다는 사실은 예전부터 알았던 사실이다. 그의 입김으로 들어가지 못할 회사가 없을 정도였다. 물론 민우의 부친이 경영하는 회사 또한 꽤 명망 있는 기업이었다.

은영은 그녀를 엘리베이터 앞까지 배웅했다. 어디선가 크리스마스캐럴이 반주로만 울려 퍼졌다. 어느 집에서 새어 나오는 건지는 알 수 없었다. 복도를 걸어서 집으로 돌아가며 반주에 맞춰 노래를 흥얼거렸다. "울면 안 돼. 울면 안 돼. 산타 할아버지는 우는 아이에겐 선물을 안 주신대." 익숙해서 평온하게 느껴지는 캐럴에 눈시울이 뜨거워졌다.

집으로 들어와선 제일 먼저 미닫이문을 열어 보았다.

2009. 12. 23. 13:15

사내는 더 이상 신음하지 않았다.

12

은비는 휴고보스 패밀리 세일이 진행되고 있는 건물 4층으로 올라갔다. 행사장엔 시간대에 맞춰 예약한 20명만 들어갈 수 있었다. 지희가 입구에 서 있는 행사 스태프에게 초대 카드를 내밀었다. 행사장 안으론 백을 들고 갈 수 없었다. 입구에서 지희와 은비는 스태프에게 가방을 건네고 번호표를 받았다. 각각 74번과 75번이었다.

행사장 안에는 행거에 걸린 옷들이 가득했다. 행거 위엔 50퍼센트, 70퍼센트, 균일가의 옷들이 세일 수준에 따라 분리돼 있었다. 지희가 여기저기 돌아다니며 옷들을 들추었다. 대니는 지희가 고른 옷가지들을 품에 안고 지희를 따라다녔다. 대니는 내내 표정이 어두웠다.

길게 노곤한 하품을 쏟아 냈다. 하품을 하며 다른 쪽으로 걸음을 옮겼다. 최 원장은 집으로 돌아갔을까. 언니와 은재가 풀어 주었을까. 아직 그를 붙잡고 있으면 어떡해야 할까. 돌아가서 풀어 주자고 하지 뭐. 최 원장도 언니에게 해코지를 할 마음은 아니었을 거야. 자꾸 밀어붙이니까 그렇게 나올 수밖에 없었을 거야. 이제 어쩌지? 그래, 되레 협박을 하면 돼. 그러면 돼. 성의 없이 옷들을 들추었다가 내려놓았다.

멀리서 지희가 은비의 이름을 크게 불렀다.

"이거, 어때?"

지희가 밀크커피색 트렌치코트를 들고 은비의 의견을 물었다. 밀려드는 졸음을 쫓으며 "괜찮네."라고 힘없이 대꾸했다. 대니도 옆에서 버튼을 누르면 고개를 끄덕끄덕 움직이는 인형처럼 반응을 보였다.

지희가 고른 옷은 총 열 벌이었다. 트렌치코트 두 벌과 원피스 세 벌, 청바지 한 벌, 정장 바지 한 벌, 니트 두 벌, 민소매 블라우스 한 벌이었다. 지희를 따라서 대니가 그 옷들을 들고 따라갔다. 옷들이 와르르 무너질까 봐 은비는 옷 더미 꼭대기를 조마조마한 눈길로 바라보았다. 대니는 옷을 흘릴까 봐 조심조심 바닥을 더듬으며 지희를 따라다녔다.

계산대 앞에 간 지희는 "한 벌 값으로 열 벌이나 샀어!"라며 손뼉을 쳤다. 몹시 흐뭇해했다. 옷이 여러 벌이라서 그런지 계산하는 데도 시간이 지체되었다. 은비 옆으로 다가온 대니가 은비의 소매를 슬쩍 끌어당겼다.

“너 알고 있었어?”

“뭘?”

“지희 라스베이거스에 가는 거.”

“원래 지희는 1년에 한 번 가족들이랑 미국 여행을 다녀
와. 몰랐어?”

“너도 몰랐구나.”

“뭐야. 혹시 내가 모르는 다른 얘기가 있는 거야?”

“지희 라스베이거스에 있는 호텔 학교에 입학한대.”

“지희가!”

은비는 그만 폭소를 터뜨렸다. 너무 크게 웃은 나머지 주
위 사람들이 은비를 흘긋거렸다. 지희가 대학을 간다니. 은
비는 손바닥을 가슴에 올렸다. 진정하자고 스스로를 다독
였다.

“누가 그래?”

“지희네 엄마가 우리 가게 단골이잖아.”

그건 금시초문이었다. 은비는 계산을 마친 지희의 손목을
잡아끌었다. 주위를 두리번거렸다. 쇼핑백에 넣은 옷 무더기
는 대니가 들고 있었다. 은비는 행사장 밖의 화장실로 향했
다. 행사장 안에는 지희의 시선을 흐트러뜨리는 옷들이 너
무 많았다.

나프탈렌 냄새가 나는 화장실 안은 깨끗했다. 지희는 갑
자기 어깨를 털면서 칸막이 안으로 쏙 들어갔다. 그사이 은

비는 입술을 씹었다. 지희가 나오자마자 세정제 펌프를 눌렀다. 손을 씻고 물기를 털던 지희가 그제야 "왜 이렇게 수선인데?"라고 쏘아붙였다.

"너 학교 가?"

"걘 남자애가 왜 그렇게 입이 가볍니? 그러니까 사지 육신 멀쩡한 남자애가 여자들 접대나 하고 살지."

"왜 나한텐 말 안 했어?"

"얘기하려고 했어."

"내일이라며."

"뭐, 아주 가는 거니? 방학 때마다 들어올 텐데."

"누구야? 네 아빠 때문이야? 누가 널 강제로 보내는 건데!"

"야, 빨대. 나 지금 그런 얘기하기 싫어. 꿀꿀한 기분이 이제 막 좋아지려는데 왜 잡치고 그래."

"네 아빠 때문이라면, 좋아, 내가 한탕 제대로 해 줄게. 내 전문이잖아. 나도 좋고 너도 해방될 수 있는 절호의 기회야. 네가 대니네 호스트바 앞에서 말했을 땐 좀 어리벙벙했는데 생각해 보니까 그보다 좋은 방법은 없어. 나도 요즘 쪼들렸는데 잘됐어. 아니, 너한텐 두고두고 우려먹을 수도 있는 짭짤한 건수잖아."

"쳇."

지희가 코웃음 쳤다. 등골이 서늘했다. 은비는 침을 꿀깍

삼켰다. 눈을 깜빡이며 "사실 바쿠스에 갔었어."라고 고백하
듯이 말했다. 순간, 거울 속에 비친 지희의 표정을 읽을 수
없었다. 낭혹스러웠다. 어깨를 움찔했던 지희가 입가에 미소
를 머금고, 경직된 눈으로 은비를 흘겨보았다. 입술 옆에 인
조 보조개가 움푹 파였다.

"정말이야. 그리고 어제 너희 아빠와 함께 있었어."

지희의 얼굴에 짧은 경련이 일었다. 지희가 얼굴을 가까이
들이밀었다.

"너 요즘엔 노인네도 관리하니?"

"……."

"뭐, 돈만 많이 준다면야 노인네도 마다하진 않지."

"외할아버지, 외할아버지야?"

"응. 노인네가 리조트 사업을 나한테 물려주겠대. 도대체
아빠는 믿을 수가 없다고. 벌써 뒷조사 쫙 했더라. 아빠 차
에 도청기 달고 생난리를 쳐서 뭘 알아냈는지 알아?"

"뭔데? 바람이라도 난 거야?"

"쳇, 그건 너무 시시하잖아."

"아니면, 뭔데?"

"여기저기 다 퍼 주고 다닌단다. 양로원, 고아원, 재활원
할 거 없이 전부 다, 손이 닿는 대로. 심지어 깡촌에 사는 자
기 동창들이며 친척들까지 먹여 살리나 봐. 병신, 평생 여왕
벌한테 굽실대면서 벌어들인 돈으로 무슨 짓이니? 우리 할

아버지 엄청 열 받았어. 사업 물려주면 나중에 사회 환원인가 뭔가 하겠다고 나설 위인이 딱 아빠라면서 절대 물려줄 수 없다는 거야. 너도 알지만 우리 외가에 대를 이을 사람이 엄마뿐이잖아. 엄마는 사업에 '사' 자도 모르는 꼴통이고. 할아버진 내가 할아버지 어릴 때랑 똑 닮아서, 충분히 사업을 잘 이끌어 갈 거라고 확신하셔. 그러니 어째, 이 몸이 좀 나서 줘야지."

지희는 은비를 뒤돌아보지 않고 화장실에서 나갔다. 지희를 붙잡으려고 뛰어나가는데 휴대폰이 울렸다. 집에서 걸려온 전화였다. 지금은 집으로 돌아간다 한들 아무런 해결책이 없었다. 돌아가고 싶은 마음도 없었다. 은비는 전화를 받지 않았다.

대니가 커다란 쇼핑백들을 지희의 차에 실었다. 은비가 흥분을 가라앉히고 차에 오를 때 문자가 도착했다. 문자를 확인하려는데 지희가 시동을 걸었다.

"밥맛이 없어졌어. 우리, 밥은 나중에 먹자."

지희가 쌀쌀맞게 말했다. 은비는 지희의 차를 타야 할까 말아야 할까 망설이며 대니를 쳐다보았다. 대니는 아예 은비의 시선을 피하고 있었다. 차의 높은 턱 위로 발을 올리는데 지희가 단호하게 말했다.

"우린 방향이 다르잖아."

발이 땅바닥으로 떨어졌다. 차가 출발하기 위해서 후진

중이었다. 은비를 지나치던 차가 잠깐 멈추었다. 차창이 내려갔다. 그새 알 큰 선글라스를 낀 지희가 은비를 쳐다보았다. "맛있디?" 지희가 히죽 웃었다. 은비의 심장이 불시에 찢어진 타이어처럼 쪼그라들었다. 차는 회색 먼지구름을 일으키며 멀어져 갔다.

먼지 통에 쿨럭쿨럭 기침을 하며, 문자를 확인해 보았다. 언니에게서 온 문자였다. 액정에 찍힌 문자엔 숫자만 들어와 있었다. 마치 암호처럼 숫자 세 개가 콕 박혀 있었다. 1004나 8282처럼 이해하기 쉬운 숫자가 아니었다.

2009. 12. 23. 13:59

은비는 휴대폰 액정에 뜬 '119'를 멀뚱히 바라보았다.

*

4년 전 은재는 금요일 저녁 로또 추첨이 끝나고 제 방으로 들어갔다. 로또에 당첨되기 일주일 전 금요일 밤이었다. 그날도 여느 금요일과 다를 바 없었다. 저녁 식사를 마치고 가족들이 텔레비전 앞에서 로또 추첨을 지켜보았다. 여섯 자리 숫자 중에서 또 한 자리도 맞히지 못하고 꽝이었다. 가족들은 애써 당연한 결과로 받아들이면서도 실망감을 감추지 못했다. 그날도 여기저기서 푹푹 꺼지는 한숨 소리가 이

어지고 있었다.

그런 후에 한차례 소란이 일었다. 가족들은 밥상 앞에서 제각각 언성을 높이다가 패가 갈렸다. 초반엔 3대 2였다. 결국엔 은재가 아무 편에 서지 않기로 결정하면서 말다툼은 절정에 이르렀다. 그게 다, 크리스마스트리 때문이었다.

언제나 그렇지만 엄마의 목소리가 우세했다.

"트리를 왜 사! 이 양반아, 은영이 수능도 끝났어. 우리 은영이 이제 곧 대학에 입학한다고. 대학 등록금 짜 맞추기도 골치 아픈데, 푼돈이라도 아껴야 할 거 아니야."

"그래서, 마트에서 몇 만 원이면 사는 트리 하나 못 사겠다고?"

"아니, 평생 그런 거 안 하고도 잘 살아온 양반이 뭘 보고 와서 저래. 여기가 우리 집이야? 게다가 여길 봐. 그런 거 놓을 자리나 있어? 세 들어 사는 주제에 트리까지 끼고 있으면, 지나가는 개가 웃겠다. 어디 멋대로 트리를 들고 오기만 해 봐. 동네 도둑고양이들 집이나 만들어 줄 테니까."

밥상을 치우던 아빠가 숟가락을 던졌다. 거실 한복판을 가로질러서 쌩 날아간 스테인리스 숟가락이 번쩍였다. 숟가락은 벽시계에 부딪혔다. 시계 유리가 챙 깨지고 말았다.

시계가 좌우로 흔들거리다가 천천히 멈추었다. 유리 조각이 파편처럼 바닥에 흩어졌다. 엄마가 눈을 부라리고 바닥에 떨어진 유리 조각과 시계를 번갈아 보았다. 아빠가 살며시 집을 나갔다. 그날 밤, 엄마는 안방으로 들어가서 나오지 않았다.

유리 조각은 큰누나가 치웠다. 은재가 작은누나와 함께 거실에 앉아서 드라마를 시청하고 있었다. 전화벨이 울렸다. 신문지에 유리 조각을 감싸던 큰누나가 전화를 받았다.

그들은 각자 두꺼운 점퍼를 껴입었다. 모두 마뜩지 않은 기색이었다. 얼어붙은 창문이 열리지 않을 정도로 한파가 계속되는 나날이었다. 현관을 열고 나가서 한 줄로 계단을 내려갔다. 계단은 겨우 한 사람이 설 수 있을 만큼 비좁았다. 등의 전구를 갈아 끼운 지 오래라서 계단참이 어두웠다. 쪽문으로 나가던 작은누나가 꿍얼거렸다. 입을 움직일 때마가 하얀 김이 깃털 구름처럼 뻗어 나왔다.

"야밤에 산에는 왜 오라는 거야."

"아까 일이 걸렸나 봐."

"그러게 갑자기 웬 트리 타령이냐고. 크리스마스트리를 정 만들고 싶으면, 직접 사 오면 되지, 왜 안 될 줄 알면서 엄마한테 의견을 물어? 하여간 아빠, 융통성 없는 건 알아 줘야 해. 그러니까 회사에서 잘리지. 어차피 크리스마스엔 다 따로따로 약속들도 있을 텐데 그깟 트리가 무슨 필요가 있다고."

"약속은 너나 있지."

"여하튼 날도 추운데 이게 무슨 짓이냐고."

큰누나와 작은누나는 골목을 빠져나가는 동안에도 티격 태격했다. 은재는 칸칸이 놓인 연립주택들을 살펴보았다. 좁은 골목 양쪽으로 줄지어 있는 연립주택들의 거실 쪽을 하나도 놓치지 않았다. 형광등 빛이 골목으로 침침하게 흘러나왔다. 아무리 봐도 지나치는 거실 유리창 안으로 트리를 해놓은 집은 없었다.

아빠가 오라고 한 곳은 산 속 약수터였다. 동네의 경사진 길을 타고 막다른 곳까지 걸었다. 키보다 높은 시멘트 난간 옆으로 계단이 나 있었다. 약수터 쪽으로 올라가는 길이었다. 뒷산은 남한산성의 줄기였다. 발을 딛는 산의 초입은 지나온 길보다 훨씬 컴컴했다. 큰누나가 손전등을 켰다. 그들은 한 줄기 빛을 따라 산길을 올랐다.

산 중턱에서 내려다보면 동네가 훤히 보였다. 경사가 심한 길옆으로 다닥다닥 붙어 있는 연립주택들. 적벽돌로 쌓아 올린 외벽에 칠이 벗어진 녹색과 파란 지붕들이 보였다. 옥상엔 노란색 물탱크가 있었다. 모두 노란 우산을 쓰고 있는 것 같았다. 출근길 버스 정류장에 서 있는 수많은 어른들이 죄다 어린아이의 노란 우산을 빌려 쓰고 나온 것 같았다.

아빠는 약수터에 우두커니 서 있었다. 세 남매가 다가가자 손가락 사이에 끼운 담배를 휙 던졌다. 땅바닥에 새끼손톱만 한 불똥이 드러누웠다. 어둠 속에서 더 붉게 타는 작은 불똥이었다.

"따라와."

아빠가 앞서 걸었다. 작은누나가 입을 이죽거렸다. 어디선가 쉭 날카로운 바람 소리가 스쳤다. 큰누나가 주위를 둘러보더니 손전등을 비추며 몸을 360도로 돌렸다. 사방은 검푸른 숲이었다. 그들은 다시 걸었다. 산길을 따라 올라가는 방향으로 바람이 불었다. 머리카락이 앞으로 마구 쏟아졌다. 검은 바람 속으로 빨려 들어가는 것 같았다.

그렇게 서로 아무 말도 하지 않은 채 족히 1킬로미터는 더 올라갔다. 손전등이 아니었다면 아무것도 보이지 않았을 산길이었다. 그러나 길을 헤매진 않았다. 누구도 길을 모를 수 없었다.

아빠가 걸음을 뚝 멈추었다.

"여기, 기억나니?"

"네."

대답을 한 사람은 은재뿐이었다. 은재는 아빠 옆에 서 있는 나무를 바라보았다. 크지도 작지도 않은 소나무였다. 이전보다 많이 자라지는 않았다. 그대로인 것도 같았다. 큰누나와 작은누나, 은재는 10년 전 12월에 이곳에서 발견되었다.

10년 전에 그들은 소나무 아래서 서로의 몸을 꼭 끌어안고 있었다. 은재의 기억엔 그때 잠을 잔 것인지 깨어 있었던 것인지 잘 분간이 되지 않았다. 확실한 건 눈을 감고 있었다는 것이다. 그게 덜 춥게 느껴졌다. 새벽 공기가 몹시 차가웠다. 칼끝으로 푹푹 쑤시는 듯한 추위였다. 얼어 죽을 수도 있다는 생각이 1초에 한 번씩 들었다. 체온이 급격히 떨어졌다. 작은누나는 거의 의식을 잃어 가고 있었다. 세 남매는 안간힘을 다해 서로의 몸을 밀착시켰다.

길게 늘어선 줄 끝에 약수통을 내려놓고 개와 함께 산에 오르던 중년 사내가 그들을 찾아냈다. 아니, 그들을 찾은 건 개였다고 한다. 운동을 하기 위해 산을 오른 사내의 개가 아니었다면, 그들은 나무 밑에서 죽은 채 발견됐을지도 몰랐다. 아직 날이 밝지 않은 새벽 6시 전후였다.

그들은 아빠와 엄마가 잠이 든 걸 확인하곤 자주 산에 올랐다. 은재가 네다섯 살 때부터였다. 동네엔 놀이터도 없었고, 마땅히 뛰어놀 만한 공터도 없었다. 산이 그것들을 대신해 주었다. 산에 오를 땐 소풍 가듯 작은 가방을 멨다. 그 안에 손전등이나 물병이나 수건 같은 것을 넣어 갔다.

작은누나나 은재는, 큰누나의 말을 의심하지 않았다. 은재가 아주 어렸을 때도 아빠와 엄마는 큰누나하고만 비밀스러운 얘기를 나누었다. 큰누나는 산에 보물이 있다고 했다. 아빠와 엄마가 나중에 그들이 크면 열어 보라고 보물 상자를 산 속의 어느 나무 밑에 숨기는 것을 똑똑히 지켜보았다고 했다. 그래서 지금은 은재나 작은누나가 원하는 걸 다 들어줄 수 없다고 덧붙였다.

작은누나는 기필코 보물 상자를 찾겠다는 결연한 의지를

내비쳤다. 그러나 은재는, 보물 상자를 찾는 덴 관심이 없었다. 밤의 어둡고 음산한 산길, 그곳을 헤매는 긴박감 넘치는 걸음, 고요한 달빛, 한 줄기 손전등 빛을 따라 거니는 시간이 신나고 즐거울 따름이었다.

"네 엄마랑 나는 정말 까맣게 몰랐지 뭐냐. 너희가 밤에 산을 탔다는 걸 말이야. 이후로 너희들이 왜 여기에 왔던 것일까, 혼자서 여러 번 와 봤다. 그때가 크리스마스를 앞둔 12월이었지. 너희들, 어떻게 그럴 배짱이 난 게냐?"

작은누나는 큰누나에게 속은 것을 두고두고 억울해했다. 작은누나가 큰누나를 째려보곤 입을 열었다.

"아빠, 도대체 왜 이래? 오밤중에 이게 무슨 짓이야. 추워. 그만 내려가자."

작은누나가 코를 비비며 어깨를 털었다.

"아까 트리를 살까 하고 도로에서 택시를 잡으려는데, 이 나무가 갑자기 생각났어. 아, 그 녀석이 소나무였지. 그래서 여기에 와 봤단다. 이 아빠가 꼭 약속하마. 나중에 이렇게 멋진 진짜 소나무 베어다가 근사한 트리를 선물해 주지."

"아빠, 술 마셨어? 지금 술주정 부리는 거야?"

작은누나가 쏘아붙였다. 옆에 서 있던 큰누나가 손전등을 든 손으로 작은누나의 어깨를 툭 쳤다. 큰누나가 쥐고 있던 손전등의 하얀 불빛이 어린 새의 날갯짓처럼 파닥거리며 능선 쪽으로 날아갔다가, 땅바닥으로 쑥 곤두박질쳤다.

은재는 불빛이 스쳐 간, 능선 쪽을 바라보았다. 능선 너머로는 그들이 살고 있는 동네가 한눈에 내려다보였다. 밤이면 동네는 총총한 불빛으로 휘감겨 있었다. 그것은 아주 커다란 크리스마스트리처럼 아름답고 황홀했다. 은재는 아빠가 그 멋진 장관을 보여 주기 위해서 부른 것이라고 생각했다.

2005. 12. 17. 22:33

하지만 아빠는 그들을 능선까지 데리고 가지 않았다.

*

은영은 로데오 거리로 나갔다. 거리 중간쯤에 위치한 보세 옷 가게에 들어갔다. 힙합 스타일 옷을 파는 가게였다. 검은색 모자와 같은 색깔의 펑퍼짐한 겨울 점퍼를 구입해야 했다. 가급적 눈에 띄지 않는 디자인이 좋았다. 브랜드가 불분명한 옷일수록 좋았다. 동대문이나 남대문에 가면 많이 있을 법한 옷들을 골랐다. 겨울 해는 일찍 기울었고 거리의 간판들이 번쩍번쩍 일어나는 시간이었다.

검은색 야구 모자와 검은색 패딩 점퍼를 사서 가게를 나왔다. 건물 화장실로 들어가서 옷을 갈아입었다.

갤러리아백화점 건너편에서 택시를 기다렸다. 내일이 크

리스마스이브였다. 거리에 인파가 북적댔다. 백화점 건너편 횡단보도 앞에서 항시 줄 서 있던 빈 택시들은 보이지 않았다. 지나가는 택시를 향해 손을 흔들었지만 빈 택시는 나타나지 않았다.

백화점 외관은 통째로 물고기 비늘 같은 불빛에 감싸여 있었다. 불빛들은 초 단위로 색깔을 비꾸었다. 보랏빛, 초록빛, 주홍빛으로 바뀌다가 어느새 크리스마스트리와 산타가 나타났다. 'Merry Christmas!'라는 글자가 깜빡거리자 횡단보도 앞에 선 사람들 사이에서 간간이 "우와!" 탄성이 터졌다. 백화점 외관은 휘황찬란한 은빛으로 바뀌었다. 손에 잡히기엔 너무나 거대한 물고기처럼 빛났다.

백화점 앞 구두방 옆으로 구세군 종이 딸랑거렸다. 무심히 횡단보도를 건너는 인파를 바라보는데 클랙슨이 빵, 울렸다. 빈 택시가 바로 앞에 서 있었다.

"오래 기다리셨죠?"

"어떻게 아셨어요?"

"아까 여기서 손님을 태우고 학동 사거리로 갔다가 거기서 다시 손님을 태우고 이 앞으로 왔거든요. 여기서 손 흔드는 걸 봤어요."

기사의 말투는 친절했다. 앞의 두 좌석 사이에 있는 투명 플라스틱 통을 쳐다보았다. 작은 십자가가 박혀 있고 그 위에 '불우 이웃 모금함'이라고 적혀 있었다. 그 안에는 동전들이 반쯤 차 있었다. 대부분 100원짜리 동전이었고, 10원짜리 동전도 적잖게 끼어 있었다.

지갑을 꺼내서 동전이 담긴 곳의 지퍼를 열었다. 100원짜리 동전 두 개와 50원짜리 동전 한 개가 남아 있었다. 동전을 다 털어서 모금함에 넣고, 1000원짜리 지폐도 접어서 신경질적으로 쑤셔 넣었다. 접힌 지폐가 좁은 입구로 잘 들어가지 않았다. 그때까지도 택시는 갤러리아 사거리를 통과하지 못하고 있었다.

"용산요."

왜 그 지명이 튀어나왔는지 알 수 없었다. 다만, 다니던 학교와 현재 살고 있는 집 근방과 예전에 살던 동네를 피해서 생각한 곳이다. 그게 어디든 철물점 한 군데쯤은 있을 것이다.

털 시트에 새겨진 붉은 꽃을 손으로 만지작거렸다. 때가 꼬질꼬질한 꽃봉오리 속에서 벌레들이 우르르 기어 나와 팔마디를 타고 올라서는 듯했다. 손을 황급히 떼어 냈다. 어디까지 온 것인지, 가야 할 길이 멀고도 멀었다.

택시에서 내린 후엔 낯선 동네 이곳저곳을 돌아다녔다. 심한 갈증이 느껴졌다. 지나가다 이마트를 보긴 했지만 그냥 지나쳤다. 불빛이 환한 편의점들도 지나쳤다. 통닭집과 김밥집과 꽃집이 있는 건물을 끼고 골목으로 들어섰다. 간판도 없는 작은 구멍가게에 들어가서 이온 음료를 샀다. 급하게 뚜껑을 돌리며 가게 주인에게 물었다.

"이 근처에 철물점 있나요?"

"저 위로 쭉 올라가면, 세탁소가 나오는데 그 건물 끼고 우측으로 돌면 새나라비디오가 나오거든, 거기에서 다시 좌측으로 가면 돼. 그럼 적벽돌색 2층 연립주택이 나오는데 거기 주차장이 철물점이야. 간판은 없으니까 길 보고 가야 해."

구멍가게 주인이 일러 준 대로 걸었다. 새나라비디오를 보고 좌측으로 방향을 돌렸다. 한 골목 안으로 비슷비슷하게 생긴 연립주택이 빼곡했다. 깜짝 놀라서 사방을 면밀히 살펴보았다. 붉은 벽돌로 쌓은 외벽에 칠이 군데군데 벗어진 녹색, 파란 지붕이 있고 그 위로 노란색 물탱크가 있는 것까지 똑같았다. 칸칸이 놓인 창들을 기웃거리며 걸었다. 1미터 앞에 커다란 백설공주와 일곱 난쟁이 스티커가 붙은 창을 보고 걸음을 멈추었다.

기시감이 드는 스티커가 붙은 그 유리창에서 시선을 떼지 못했다. 예전에 살던 집 유리창에도 붙어 있던 것이었다. 은비가 중학생일 때 스티커를 붙이는 걸 보고 유치하고 지저분해 보인다고 타박했던 게 떠올랐다. 그때 은비가 했던 말이 떠올랐다. 멋진 왕자를 만나기 전끼진 늙은 난쟁이들과 지낼 수밖에 없는 거라고!

시선이 떨어졌다. 그 건물 주차장에 빗자루나 쓰레받기,

동그랗게 감아 놓은 철사가 주렁주렁 매달려 있었다. 입구가 땅으로 푹 잠긴 듯이 낮았다. 철물점이었다.

철물점은 천장이 몹시 낮았다. 중년 남자 옆의 간이 의자에 소주 한 병과 배추김치 한 접시가 놓여 있었다. 주인 남자는 은영을 보곤 김치를 집어 올린 젓가락을 도로 내려놓았다. 꾸물꾸물 일어서서 산적한 박스들을 뒤지다가 뒤돌아보았다.

"젊은 아가씨가 전기톱은 뭐에 쓰시려고?"

"내일모레가 크리스마스이브잖아요. 예전부터 키운 소나무가 있는데 그걸 잘라서 트리로 쓰려고요."

"허가는 받은 건가?"

"……."

"산에 있는 나무를 함부로 자르는 게 위법인 건 알고 있지?"

"네. 그런데 동생들이 그걸 너무 해 보고 싶어 해서요. 부모님이 안 계시거든요. 예전부터 동생들이 좋아했던 나무예요. 그런데 들키면 처벌이 심할까요?"

"그거야 뭐 벌금이 좀 나오겠지. 근데 아가씨 요즘은 대형 마트 같은 데 가면 인조 트리가 얼마나 싼데, 굳이 고생스럽게 생나무를 자르려고."

"꼭 살아 있는 싱싱한 나무여야 해요. 진짜 크리스마스 기분을 만끽하고 싶거든요. 이번이 처음이자 마지막일 테니까요.”

철물점 주인 남자는 기다란 직사각형 박스를 꺼냈다. 박스 위로 회색 먼지가 수북했다. 그는 박스에 붙은 가격표를 내려다보았다. 아주 잠깐 눈치를 흘긋 살피더니 어이쿠, 탄식하며 혀를 찼다.

“이게 왜 가격이 잘못 붙어 있지?”

주인이 혼잣말을 하며 머리를 긁적였다. 그리고 박스를 내밀었다. 박스를 받아 들자 주인 남자가 제 양 손바닥을 탕탕 치며 먼지를 털어 냈다. 천장이 낮은 작은 공간에 뿌연 먼지 바람이 일었다. 쿵쿵 마른기침을 했다. 박스의 무게감 때문에 박스를 받치고 있는 두 팔이 아래로 미끄러졌다.

“이 여편네가 국산으로 착각했나 보군. 원래는 거기 적힌 가격보다 만 원이 더 비싸.”

견출지에 찍힌 숫자를 확인했다. 10만 5000원이었다. 지갑을 열어서 12만 원을 현금으로 내밀었다. 그는 자신의 점퍼 호주머니에서 꾸깃꾸깃한 5000원을 꺼냈다.

“되도록 사람들 발길이 뜸한 시간에 가야 할 거야. 들키면 골치 아프거든.”

주인 남자의 충고를 곱씹으며 5000원을 펴서 지갑에 넣었다. 박스를 들고 뒤돌아섰다. 가게에서 완전히 빠져나가기 전에 몸을 돌렸다. 왠지 꼭 그래야 할 것만 같았다. 주인 남자를 향해 허리를 숙이고 깍듯이 인사했다. 주인 남자의 코끝이 루돌프 사슴 코처럼 빨갰다.

　2009. 12. 23. 19:41

　주인 남자는 지폐 다발에서 만 원 한 장을 슬쩍 빼내는
중이었다.

13

크리스마스이브를 맞아 백화점 주차장으로 진입하는 차들이 줄지어 서 있었다. 아파트 단지 내 도로 반대 방향으로 은비가 탄 모범택시가 멈추어 섰다. 이제 막 아파트 단지를 벗어나려는 택시. 여전히 좌회전 신호는 떨어지지 않았다. 에쿠스에서 헐레벌떡 뛰어내린 스포츠머리 덩치가 택시까지 두어 걸음을 남기고 뛰어오는 중이었다. 연두색 트렁크 손잡이를 꼭 쥔 은비가 빽 소리쳤다.

"아저씨, 저기 저, 경찰차 앞에서 세워 주세요."

택시는 곧바로 우회전을 했다. 갓길, 경찰차 앞에 택시를 세웠다. 경찰 제복을 입은 시석은 수행 중 휴대폰 사용으로 적발된 운전자에게 딱지를 떼고 있었다. 지석이 택시 쪽을 보고 도로에 서 있는 정차 금지 표시를 가리켰다. 택시 뒷좌석의 은비를 보고는 놀라는 기색이었다. 쫓아오던 덩치는 경찰을 보곤 에쿠스 쪽으로 되돌아갔다.

트렁크를 들고 택시에서 내렸다. 일반 요금도 나오지 않을 짧은 거리였지만 요금을 모두 지불했다. 주뼛거리며 운동화 밑창으로 바닥을 헤집었다. 지석은 은비의 연두색 트렁크를 내려다보았다.

"어디 가?"

"응. 나 좀 태워 줄 수 있어?"

"경찰차는 타기 싫다며."

"오늘은 타도 괜찮을 거 같아."

"어디 가는데."

"공항터미널."

경찰차 안의 무전기에선 접수된 사건과 사건 장소가 중계되고 있었다. 은비와 지석은 경찰차 안에서 한마디도 나누지 않았다. 그간 지석의 연락을 회피한 것과, 그제 밤, 람보르기니 앞에서 지석을 무시한 게 마음에 걸려서 멋쩍게 웃어 보였다. 지석은 차창 앞으로 뻗은 도로만 응시할 뿐이었다. 2차선으로 달리던 경찰차가 청담 사거리를 지나지 않고 갓길에서 멈추었다.

"여기서 내려."

"여기서 내리라니. 공항터미널에 가야 한다고 했잖아."

"여기 사거리를 지나면 내 관할 지역이 아니야. 난 지금 근무시간이고."

"그럼 애초에 안 된다고 말하지 그랬어! 더 번거로워졌잖아!"

"아까 누가 널 쫓아오는 거 아니었어? 그 차는 이미 갤러리아 사거리에서 다른 방향으로 틀었어."

목구멍에서 튀어 오르는 욕지기를 삼켰다. 지석은 안쓰럽다는 듯이 트렁크를 내려다보았다. 그리고 택시를 잡아 주겠다며 차에서 내리더니 도로 쪽으로 가서 팔을 내밀었다. 에쿠스는 더 이상 보이지 않았다. 2차선을 가로지른 빈 택시가 섰다. 은비는 택시에 올라탔다.

지석이 택시 문을 닫아 주려다가 말고 주춤거렸다.

"어젠 먼저 나와서 미안해. 출근 시간 때문에 어쩔 수 없었어."

"어?"

"모텔에서 말이야."

지석이 택시 문을 쾅 닫는 순간 은비의 눈이 휘둥그레졌다. 트렁크와 차창 밖을 번갈아 보았다. 모텔에 함께 있던 남자가 지석? "아이 씨! 뭐야!" 불평스러운 탄성을 질렀다. 눈살을 찌푸린 택시 기사의 얼굴이 룸미러에 비쳤다. 개의치 않고 윗니로 아랫입술을 꽉 깨물었다. 택시가 출발하고 있었다.

2009. 12. 24. 12:53

은비는 차창에다 제 머리통을 박았다.

*

은재는 검은색 배낭을 안고 아파트 출입구 앞으로 돌아왔다. 버스 안에서 찢어진 배낭의 틈새를 복부에 바짝 밀착시켰다. 배낭 속으로 쑤셔 넣은 것들이 빠져나오지 않도록 주의를 기울여야 했다.

현관문에 열쇠를 끼고 돌리는데 607호 문이 열렸다. 열쇠를 쥔 손이 움찔했다. 인주가 아기를 안은 채 다가오고 있었다.

"잠깐만."

인주가 캐리어를 풀고 아기를 건넸다. 은재는 아기를 건네받으면서도 도대체 무슨 상황인지 간파하지 못했다. 아기를 어떻게 안아야 하는지, 인주가 왜 자신에게 아기를 건네는 것인지, 미처 생각을 정리하기도 전에 가슴 안으로 아기가 폭 안겨졌다. 베이비파우더 향이 희미하게 코끝을 스쳤다. 언제나 인주의 몸에서 배어나던 냄새였다.

"갤러리아 5층 식당에서 약속이 있어. 급한 일이야. 떠나기 전에 돌려받을 돈이 있어서. 애를 데리고 나갈 수가 없어. 보다시피 애가 팔에 깁스를 하고 있잖아. 금방 돌아올 거야."

"그래도……."

"오래 걸리지 않을 거야. 친정엄마한테 전화했는데 하필 이럴 때 대전에 가 있는지 몰라. 거기에 이모가 살거든. 어제 이모가 수술을 했대. 일일 베이비시터도 알아봤는데 적어도 하루 전날 얘기해야 한대."

"그럼 애 아빠한테 연락을……."

"네가 나한테 그렇게 말할 수 있니? 응? 내 사정을 누구보다 잘 알면서."

인주는 절박하게 눈가를 일그러뜨리며 입술을 깨물었다. 은재는 자동 흔들의자가 되었다. 자신도 모르게 계속 아기를 안고 흔들었다. 인주는 현관 앞에 커다란 천 가방을 내려놓았다. 인근 산부인과 로고가 새겨진, 키티 캐릭터가 점점이 박힌 노란색 천 가방.

인주가 현관 앞에 내려놓은 은재의 배낭을 보았다.

"그런데 어디 가려고 하던 참이었어?"

인주의 손이 스스럼없이 은재의 배낭 쪽으로 향했다. 은재가 배낭을 막으며 황급히 인주를 떠밀었다.

"약속이 있으니까 빨리 돌아와야 해요."

"응. 걱정 마."

인주가 떠나고 나서 은재는 침대 위에 아기를 슬며시 내려놓았다. 아기는 곧바로 잠이 들었다. 침대 앞에서 서성거렸다. 아기가 침대에서 떨어질 수도 있고 무슨 탈이 생길 수도 있었다. 아직 몸이 성치 않은 아기였다. 은재는 아기가 누워 있는 침대 앞을 지그재그로 배회하다가 화장실로 달려갔다.

지난 새벽, 세 남매가 열심히 청소를 해 놓은 화장실은 깨끗했다. 처음 이 집에 이사 와서 보았을 때보다, 이 집에서 살았던 지난 4년 중 그 어느 때보다 훨씬 더 깨끗했다. 락스 향이 물씬했다. 타일 벽 틈새에 가뭇하게 껴 있던 이끼나 얼룩까지 말끔히 지워져 있었다. 온통 반짝반짝 광이 났다. 아무 일도 없었다는 듯이.

잠시 후 싸개에 감싸인 아기가 콧잔등을 들썩였다. 이내 훌쩍거리더니 울음을 터뜨렸다. 어쩔 줄 몰라서 아기를 안았다. 하지만 아기는 울음을 그치지 않았다. 아기의 울음소리가 고막을 찢을 것처럼 커졌다. 그것은 벽 너머나 베이비 인터폰에서 울리는 거리감이 느껴지던 소리가 아니었다. 현실을 포박하는 울음소리. 당황한 나머지 아기를 침대 위에 내려놓았다. 귀를 틀어막았다. 그사이 아기의 볼따구니가 새빨갛게 달아올랐다. 고약한 냄새가 퍼져 나오고 있었다.

인주에게 전화를 걸기 위해 휴대폰 폴더를 올렸다. 그런데 인주의 번호가 떠오르지 않았다. 번호를 따로 입력해 두지도 않았다. 언젠가 인주가 무슨 유행가 부르듯이 조잘조잘 일러 주었으나, 한 번도 걸어 보지 않아서 기록이 남아 있을 리 만무했다.

인주가 신발장 옆에 두고 간 천 가방을 벌렸다. 종이 기저귀 세 장과 물티슈, 보온병, 노란색 뚜껑의 플라스틱 젖병과 3단 분유 통, 여벌의 옷이 들어 있었다. 그리고 종이가 한 장 접혀 있었다. 성급하게 손을 놀려 종이를 펼쳤다.

은재야, 미안해. 남편이 집에 오거든 아기를 건네줘.

아뿔싸. 망연해졌다. 주먹으로 문을 찍었다.

메모지엔 기저귀는 어떻게 갈아야 하는지, 분유는 어떻게 타서 먹여야 하는지 같은 건 적혀 있지 않았다. 어디 하나 쓸모없는 종이를 구겨서 던지고 종이 기저귀와 물티슈를 꺼냈다. 침대로 가서 싸개를 젖히고 아기의 겉옷을 벗겼다. 분홍색 우주복의 단추를 끌러 기저귀 접착 부위를 뜯었다. 노랗고 물컹한 똥이 기저귀 위에 진득했다. 은재는 코를 잡고 고개를 돌렸다.

기저귀를 갈아 주었는데도 아기는 계속 울었다. 분유와 보온병에 든 미지근한 물을 대강 섞어서 젖병을 흔들었다. 실리콘 젖꼭지를 앙증맞은 입술에 척 끼워 넣자 아기가 드디어 울음을 그쳤다. 아기는 다시 순연한 얼굴로 잠이 들었다.

2009. 12. 24. 14:11

은재는 아기 앞에서 떠날 수 없었다.

*

은영은 집으로 돌아가고 있었다. 집에 돌아가기로 마음먹은 건 뜻밖의 전화 때문이었다. 전화를 걸어 온 건 얼마 전 인터넷으로 이력서를 보낸 무역 회사였다. 인터넷에 올린 은영의 이력서를 보고 전화를 걸어 온 것이었다. 자신이 사장이라고 밝힌 남자는 "X대학 출신이시네요?"라고 확인하듯 물었다. 본인도 같은 학교 출신이라고, 반가운 목소리를 돋웠다.

압구정역 근방에 위치한 무역 회사였다. 직원이 총 다섯 명밖에 안 되는 작은 규모였다. 그러나 연봉이 예상보다 높았다. 대기업 수준에는 못 미쳤지만, 불황에 그 정도면 괜찮은 조건이라고 으스댔다. 사장은 급하게 사람을 구하는 중이라고 했다. 서로 합의점이 맞으면 당장이라도 일을 시작하길 바란다는 말도 덧붙였다. 밑져야 본전이라는 생각으로 면접을 보러 가겠다고 대답해 버렸다. 시간을 보내기 위해 딱히 갈 곳도 없었다.

집으로 돌아가서 옷부터 갈아입어야 했다. 아무리 마음에 흡족하지 않은 소규모 회사라고 해도 이대로 면접을 볼 순 없었다. 두꺼운 오리털 점퍼와 청바지를 벗어 던지고 검은색 스커트 정장으로 갈아입었다. 구두를 신으면서 골프 가방을 들고 가야 할지 잠시 망설였다. 집에 두고 가면 편하기야 하겠지만, 다시 집으로 돌아와야 하는 번거로움이 따랐다. 사장도 같은 학교 출신이라고 했으니, 골프 가방을 보고 뜨악한 눈초리를 보내오진 않을 것이었다. 행여 이상하게 바라보면, 까짓, 카프 멤버라고 말하면 문제될 게 없었다.

인도를 걷고 있는데 클랙슨이 빵, 울렸다. 도로 한가운데 정차한 차 안에서 민우가 손을 흔들어 댔다.

"어디 가? 어? 은영아, 너, 골프 쳤었구나? 지금, 골프 치러 가는 길인가 보네."

민우가 말하는 도중에 뒤에서 오던 차가 민우의 차 뒤로 다가왔다. 민우는 차들이 주차된 갓길 빈자리에 차를 세웠다.

"언제부터야? 골프 친단 말은 한 번도 못 들은 거 같은데."

"어, 이제 막 시작했어."

"우리 엄마가 괜한 부탁을 했다며?"

"아니, 뭐……."

"면접 본 건 잘됐어?"

"아직……."

민우가 멋쩍은 미소를 지어 보였다. 그들은 차 앞에 서서 짧게 말을 주고받았다. 차 앞창에 노란 딱지를 붙이고 있는 주차 단속 요원이 점점 가까워졌다. 은영이 손을 들어 보이자, 민우가 차에 바로 타지 못하고 주뼛거렸다.

"나 용평에 가는 길이야. 오늘 용평리조트 호텔에서 저녁

7시부터 카프카 송년 모임이 있거든. 졸업한 선배들도 다 오는 자리야. 거기 참석하는 선배들이 후배들을 보고 특별 채용을 하기도 하는데, 같이 갈래?"

즉흥적이었던 탓일까. 민우의 입술이 말할 때마다 불규칙적으로 움찔거렸다. 은영은 민우에게 부담을 주는 게 싫었지만 "같이 가도 되겠어?"라고 물었다. 아무리 엇비슷한 연봉이라고 해도 이름 한 번 듣지 못한 소규모 무역 회사보다 그쪽이 낫다는 걸 부정할 순 없었다.

민우가 냉큼 보조석 쪽의 차 문을 연 다음, 트렁크 쪽으로 리모컨 버튼을 눌렀다. 트렁크가 빼끔 열리자 민우가 은영의 골프 가방 쪽으로 손을 뻗었다. 은영은 순간적으로 몸을 홱 돌렸다. 민우가 당혹스러워하는 기색이었다.

"별로 안 무거워…… 괜찮으니까 시동 걸고 있어."

은영은 혼자 힘으로 차 트렁크에 골프 가방을 넣었다. 아직 오후 3시니까 저녁 식사 자리에 잠깐 참석해도 큰 무리는 없을 터였다. 용평에서 성남까지 택시를 타고 달리면 대략 두 시간 반쯤 소요된다. 용평에서 적어도 10시 이전에만 출발하면 된다고 생각하며 은영은 보조석 의자에 앉았다.

평일 오후여서 그런지 고속도로는 소통이 원활했다. 고속도로에 진입하고부터 차의 속도는 시속 100킬로미터 아래로 떨어지지 않았다. 달리는 내내 차 안엔 건조한 히터 바람이 들이쳤다. 목구멍에서부터 심한 갈증이 타올랐다. 간간이 나타나는 휴게소엔 들르지 않았다.

차창 밖을 지나가는 건조한 풍경을 바라보며 마른침을 삼키는데 휴대폰이 진동했다. 은영은 태연하게 전화를 받았다.

"언니, 이상해. 그 인간들을 분명히 따돌렸거든. 그런데 다시 나타났어."

왼쪽 귀에 댄 휴대폰을 오른쪽으로 옮겼다. 지금 은비가 있는 곳은 아빠가 입원해 있는 병원이라고 했다. 아침에 집 앞으로 은비의 사진을 들고 찾아온, 정체 모를 깡패들을 따돌린다기에 어디선가 뺑뺑 돌고 있으리라 짐작했다. 왜 그동안 병문안도 한 번 안 갔던 아빠에게 갔는지 모를 일이다. 민우를 의식하며 응, 응, 단마디 대답으로 일관했다. 차 안의 공기가 몹시 후덥지근했다.

운전대를 잡은 민우가 코를 킁킁거렸다.

"무슨 냄새나지 않아?"

"엉?"

"차 안에서 이상한 냄새가 나는 것 같아."

뒷자리를 흘끔 돌아보곤, 아무 냄새도 나지 않는다는 듯이 어깨를 들썩였다. 민우가 뜨뜻한 바람이 들어오는 히터 기계에 코를 가까이 디밀었다. 은영은 모직 코트를 들썩이면서도 차창을 열지 못했다.

2009. 12. 24. 15:55

남자의 몸은 한 가방에 다 들어가지 않았다.

14

은비가 탄 택시는 삼성동 서울의료원 정문 앞에 정차했다. 거스름돈을 사양하고 택시에서 내렸다. 트렁크를 들어 올리고 계단을 올라갔다. 병원 정문의 유리문을 밀치는데 지희에게서 전화가 왔다.

"어디야?"

지희는 여전히 감정이 남은 시큰둥한 목소리였다.

"응, 아빠 병원."

"서울의료원?"

"응, 어쩌다 보니 여기까지 왔네."

은비는 바람 빠진 웃음을 흘렸다. 지희는 가족들과 함께 저녁 6시 출발 LA행 비행기의 탑승을 기다리는 중이라고 했다. 전화를 끊고 은비는 트렁크를 번쩍 들어 올려서 병원 안으로 들어갔다. 뒤따라오는 사람은 없었다.

병원 로비 안의 붐비는 인파를 통과해서 엘리베이터를 기다렸다. 환자복을 느슨하게 걸친 초췌한 얼굴의 환자들이 연두색 트렁크를 흘긋거렸다. 이목을 끌기에 좋은 트렁크였다. 아슬아슬하고 막막하던 며칠 밤들이 한꺼번에 몰려왔다. 눈을 세차게 비비고 힘주어 떴다.

6인실 안의 침대 위에서 환자복을 입은 아빠가 공용 텔레비전을 보고 있었다. 아빠는 장기 환자였다. 자동차 접촉 사고로 입원해서 깁스를 푼 게 지난달이었다. 아직 허리가 아프다는 핑계로 퇴원을 미루었다. 그동안 은비는 아빠를 '나이롱'이라고 비아냥거리며 병문안을 오지 않았다.

화면 속에서 작은 야구공이 포물선을 그리며 펜스를 넘었다. 아빠가 "그렇지!" 소리치며 두 주먹을 불끈 말아 쥐었다. 옆 침대의 보호자가 아빠에게 오렌지 주스를 건넸다. 아빠는 오렌지 주스 뚜껑을 열어서 한 번에 들이켜고는 아쉬운 듯 입맛을 다셨다. 은비는 그 모습을 보고 병실로 들어서며 가볍게 쏘아붙였다.

"아빠, 고작 이렇게 살려고 멀쩡한 집 놔두고 나갔어?"

"그러게 말이다. 야, 야, 근데 너도 생각해 봐라. 너희 독한 엄마가 그러지 않고서야 땡전 한 푼 내줄 사람이냐? 내가 조그만 통닭집이라도 하나 하고 싶다니깐, 어렵게 생긴 돈 몽땅 말아먹으려고 안달이 났다면서 사람 무시하잖아.

에이, 됐다. 지난 애긴 해서 뭐해. 다 지난 일인걸."

아빠가 이혼을 하고 집을 나가면서 자신의 몫으로 챙겨간 돈은 로또 당첨금의 20분의 1이었다. 가족의 일원으로서, 로또의 여섯 자리 숫자 중 하나의 숫자를 맞힌 사람으로서, 아주 부당한 요구는 아니었지만, 가족들 모두 아빠를 원망했다. 2년 전쯤 아빠는 새로 알게 된 여자와 예전에 살던 동네에서 통닭집을 오픈했다. 결국엔 보증금도 챙기지 못하고 망해 버렸다는 것을 언니로부터 들은 적이 있다. 그 뒤로 새살림을 차린 집에 발을 들이기 쉽지 않다는 것도.

"근데 그 가방은 뭐냐? 꽤 크네."

아빠가 침대 밑에 내려놓은 은비의 트렁크를 보았다. 빛이 잘 들지 않은 어두침침한 병실 안에서도 트렁크는 생기 넘치게 반짝거렸다. 발로 트렁크 하단을 툭툭 걸어찼다. 트렁크 옆으로 삼선슬리퍼 한 짝이 보였다. 긴장을 해서인지, 운동화 안의 발이 땀으로 끈적거렸다. 운동화를 벗어 던지고 삼선슬리퍼로 갈아 신었다. 남자 사이즈의 슬리퍼는 발 크기보다 훨씬 컸다.

목을 축이려고 미니 냉장고를 열었다. 아빠와 살고 있는 여자가 다녀가지 않은 게 분명했다. 폭설에 잠긴 것처럼 새하얗게 텅 빈 그곳에서 은비는 눈을 떼지 못했다. 코끝이 시큰했다. 병실을 나가서 병원 내 편의점으로 향했다.

편의점은 병원 건물과 떨어져 있었다. 편의점에서 오렌지,

포도, 복숭아, 알로에 4종 세트 음료 박스를 들고 다시 병실로 돌아가는 길이었다. 앰뷸런스가 사이렌을 울리며 현관 앞에 멈추었다. 은비는 그 옆으로 음료 박스를 흔들며 걸었다.

"박은비!"

병원 정문의 주차 발권 기계 앞에 서 있는 에쿠스! 이윽고 에쿠스 보조석의 문이 열렸다. 은비는 음료 박스를 앞으로 휙 내던지고 병원 안으로 뛰어들어 갔다. 종이 박스에 물기가 번지는 속도보다 느린 뜀박질이었다. 슬리퍼가 자꾸 벗어지려고 했다.

때마침 문이 열린 엘리베이터를 타고 6층으로 올라가서 내린 다음, 계단을 이용해 4층으로 내려갔다. 만약에 덩치들이 자신이 탄 엘리베이터를 보았다면 6층부터 샅샅이 뒤질 것이다. 4층 화장실 칸막이 안으로 몸을 숨기고 언니에게 전화를 걸었다.

"언니, 이상해. 그 인간들을 분명히 따돌렸거든. 그런데 다시 나타났어."

"응."

"여기 병원인데, 어쩌지?"

"으응."

언니는 누군가와 함께 있는 눈치였다. 통화하기 어려운 듯했다. 덩치들은 어떻게 알고 나타난 것일까. 그들의 정체를 알 수 없었다. 누가 깡패를 보낸 것인지도 알 수 없었다. 물론 자신에게 해코지를 할 만한 사람들은 많았다. 돈을 뜯기기 싫어서 누군가 보낸 것일 수 있었다. 하지만 그게 누구더라도 위치 추적이 되는 친구 찾기 서비스 따위에 등록한 적은 없었다. 간신히 따돌렸던 에쿠스가 병원에 있는 은비를 찾아냈다는 게 적이 의심스러웠다. 많은 부분이 의심쩍지만 그 무엇도 확실치 않았다. 휴대폰은 안전하지 않았다. 지희가 은비의 생일 선물로 주었던 모토로라 휴대폰을 변기통에 넣으려는데 벨이 울렸다. 대니였다.

"공항엔 못 갔지?"

"응."

"나도…… 잠깐 통화 가능해?"

"아니, 나 지금 깡패들한테 쫓기고 있어. 갑자기 이게 무슨 날벼락인지 몰라. 나중에 통화하자."

휴대폰을 변기통 속으로 던지고 병실로 돌아갔다. 그 순간, 병원에 도착했을 때 지희와 통화를 한 기억이 되살아났다. 지희는 아닐 거라고, 지희가 자신에게 그럴 이유가 없다고, 머리를 흔들었다.

"어디 갔다 온 거야?"

"화장실에. 아빠, 당분간 나 못 볼지도 몰라."

아빠는 대답 대신 침대 옆에 세워 둔 트렁크를 보며 고개를 주억거렸다. 그러곤 발바닥의 누런 각질을 뜯어내며 느릿느릿 말했다.

"밖에서 너무 오래 싸돌아다니지 마라. 돌아갈 타이밍을 놓칠 수 있으니까."

트렁크를 들고 엘리베이터를 지나 비상계단참으로 들어섰다. 저 아래서부터 발소리가 쿵쿵 울렸다. 몸을 돌리는 순간 엘리베이터에서 또 다른 덩치가 내리고 있었다. 정체 모를 발소리와 덩치를 피해 기다란 복도를 정신없이 뛰었다.

병원 정문 앞에도 덩치 한 명이 떡하니 서 있었다. 집을 나설 땐 보지 못했던 새로운 덩치였다. 엘리베이터와 계단 말고도 한 명이 더 늘어난 셈이었다. 후문 쪽으로 나가서 달렸다. 덩치들은 순식간에 번식할지도 몰랐다. 검정 재킷을 입은 덩치들이 눈앞으로 들이닥치는 도로를 새까맣게 물들일 것 같았다.

2009. 12. 24. 16:11

바로 앞이 의료원에 소속된 장례식장 건물이었다.

*

은재는 여전히 침대 위에 누인 아기 앞에서 서성였다. 인주는 돌아오지 않았다. 시간은 한참이 지났다. 복도에서부터 발자국 소리가 들려왔다. 너무나 반가운 나머지 현관 앞까지 냅다 달려갔다. 607호 현관의 디지털 도어록 번호 누르는 소리가 들려왔다. 연이어 문고리에 꽂힌 열쇠가 돌아갔다. 현관문을 열고 밖으로 얼굴을 반쪽만 내밀었다. 현관문 앞에서 진회색 양복을 입은 607호 남자가 의미심장하게 이쪽을 쳐다보았다.

옆집 남자에게 아기를 건네주어야 한다. 제일 간편한 방법이다. 인주도 그렇게 해 달라고 메모지에 적어 두었다. 하지만 그에게 의심을 받을지도 몰랐다. 그는 폭력을 일삼을 정도로 난폭하고 과격한 사람이다. 왜 아기를 데리고 있는 거냐고 물으면, 뭐라 해명할까. 황망히 문을 닫았다.

순하게 잠들었던 아기가 콧잔등을 들썩였다. 지금, 아기가 울어서는 곤란했다. 귀가 바짝 곤두섰다. 벽 너머의 607호에서 인주를 찾는 남자의 목소리가 들려왔다.

인주가 아기와 함께 맡기고 간 천 가방을 벌리고 그 안에서 보온병과 젖병, 분유 통을 꺼냈다. 물에 분유를 넣은 후 흔들고 있는데 집 전화벨이 울렸다. 먼저 아기의 입술에 실리콘 젖꼭지를 물렸다. 3단 분유 통에 남은 마지막 분유였다.

벨이 울리는 거실 전화기 쪽으로 달려갔다. 인주일지 몰랐다. 마음이 변한 것이리라. 전화기를 집으러 가는 길에 발을 헛디뎌 엎어졌다. 벨이 끊길까 봐 손을 뻗어 간신히 무선 전화기를 들었다. 그 바람에 콘솔 위에 있던 가족사진 액자가 와장창 떨어졌다.

“집에 와 있었네. 뭐 좀 먹었니?”

큰누나는 언제나처럼 어린아이 타이르듯 말했다. 은재는 큰누나가 바로 앞에 서 있는 것처럼 입을 다물고 얌전히 턱을 저었다.

“조금 있다가 요기 좀 하고 출발해야지. 12시야. 장소는 잊지 않았지?”

은재는 부루퉁하게 알았다고 대답했다. 큰누나가 무슨 말인가 더 하려고 했지만 무선전화기 오프 버튼을 눌렀다. 혹시 그사이 인주에게서 전화가 왔을지도 모른다고 생각하자 혀가 바싹 말랐다. 그런데 인주는 이 집의 번호, 혹은 자신의 휴대폰 번호라도 알고 있는 것일까.

그냥 아기를 옆집에 데려다 주자. 아기를 안고 현관으로 비장하게 걸어가는데 옆집 현관문이 쿵 소리를 내며 닫혔다. 그 파동에 608호까지 덜컹했다. 607호에서 나온 발소리에 집중했다. 시선은 닫힌 현관문에 가서 달라붙었다. 아기가 빈 우유병을 물고, 훌쩍훌쩍 울어 댈 낌새였다. 복도에서 발자국 소리가 점점 커지고 있었다. 이쪽으로 향하는 소리인 것 같았다.

2009. 12. 24. 17:08

은재는 아주 잠깐 미닫이문이 달린 방을 일별했다.

은영이 횡계에 진입한 건 오후 5시 즈음이었다. 도로가엔 숙박업소들이나 스키 대여점이 드물지 않게 눈에 띄었다. 민우가 차의 속도를 줄이고 "배고프지 않아?"라고 물으며 주위의 식당들을 살펴보았다. 도로가엔 황태 식당들이 즐비했다. 카프카 송년 모임 시간까지는 아직 두 시간 정도 남아 있었다. 은영은 사흘 내내 밥 한 끼 제대로 먹지 못했던 게 그제야 떠올랐다.

황태마을이라는 식당 앞에 차를 세웠다. 민우는 잠시 기다리라며 식당 안으로 뛰어들어 갔다. 앉을 자리가 있는지 확인해 보기 위한 것이라고 짐작했다. 조금 뒤 민우가 식당에서 나오며 검은색 비닐봉지를 흔들어 보였다.

"애들 만나면 골치 아파서. 대낮부터 술 마시려 들 텐데, 어제도 엄청 마셨거든."

차는 구불구불한 도로를 달리다가 산 쪽으로 난 길로 꺾어졌다. 오솔길은 차 한 대가 간신히 지날 수 있는 넓이였다. 자갈밭 위로 천천히 굴러갔다. 흙바람이 차창 위로 뿌옇게 올랐다. 차가 멈추어 선 곳은 400미터쯤 안에 박혀 있는 작은 모텔이었다.

건물이 단층인 탓에 모텔이라는 상호가 무색하게 느껴지는 곳이었다. 닭볶음탕이나 백숙을 파는 외진 식당처럼 보이기도 했다. 민우가 먼저 차에서 내려 봉지를 들고 건물을 향해 걸어갔다. 모든 게 자연스러웠다.

"트렁크 좀 열어 줘."

민우의 등에 대고 속삭였다. 뒤돌아선 민우가 의아하다는 듯이 쳐다보았다.

"트렁크? 왜?"

"아, 골프 가방에 뭘 넣어 놔서. 모텔에 들어가면 그게 필요할지도 모르거든."

눈짓으로 모텔 쪽을 가리켰다. 민우가 뭔가 생각났다는 듯 빙그레 웃었다. 그리고 흔쾌히 트렁크를 열어 주었다.

모텔 방 안은 단조로웠다. 일반적인 모텔의 노골적이고 과장된 벽지나 이불보, 거울은 보이지 않았다. 벽지도 커튼도 무채색이었다. 침대도 일반 가정집에서 쓸 법한 평범한 체리목 디자인이었다.

민우가 창 밑에 놓인 2인용 테이블로 걸어갔다. 봉지를 풀어서 플라스틱 용기에 포장된 황태 국과 스티로폼 용기에 눌러 담은 밥을 꺼냈다. 김치나 깍두기는 들어 있지 않았다. 밥 위에 씌운 랩을 뜯어내는 민우의 손놀림이 조금 다급해 보였다. 은영은 그사이 문 옆에 세워 둔 골프 가방을 물끄러미 바라보았다. 밥공기를 감싼 랩은 잘 벗겨지지 않았다. 토막 난 사내의 몸뚱어리는 밥공기처럼 랩에 감겨 밀폐되어 있었다.

두 사람 외에 다른 누군가가 방 안에 있는 것 같았다. 은영은 일회용 밥숟가락을 드는 데도 신경이 쓰였다. 화장실에 가서 수돗물을 틀고 일회용 숟가락을 헹구어 냈다. 숟가락의 물기를 탈탈 털며 화장실에서 나오자 민우가 씩 웃어 보였다.

"역시, 박은영이야."

배가 고팠지만 밥알을 삼킬 수 없었다. 민우의 눈치를 보느라 밥 절반도 꾸역꾸역 삼켜야 했다. 민우도 전날 과음한 때문인지 밥은 남기고 국물만 말끔하게 비웠다.

민우가 배를 치며 침대 위에 대자로 누웠다. 그 앞에 오롯이 서서 민우를 내려다보았다. 모직 코트를 벗었다. 검정 재킷을 벗고 마지막으로 블라우스 단추를 하나씩 끌렀다. 흠칫 놀란 민우가 콧잔등에 주름을 잡았다.

"괜찮겠어?"

민우가 조심스럽게 물어 왔다.

침대가 심드렁하게 들썩거렸다. 3분쯤 지났을 때 벽에 세워 둔 빨간 골프 가방이 앞으로 탕 소리를 내며 쓰러졌다. 골프 가방이 넘어진 것을 보고 놀란 은영이 짧게 악, 소리를 질렀다. 동시에 민우가 사정을 했다. 민우가 콘돔을 죽 잡아당겨서 침대 옆 쓰레기통에 휙 던졌다. 은영의 몸에선 한 방울의 땀도 배어 나오지 않았다.

민우는 마른 휴지로 제 성기를 대충 닦아 내고는 곧바로 팬티를 입었다.

"거기 오는 선배 중에 한정우 선배라고 있어. 그 형 아버지가 우리 아버지랑 호형호제하는 사이여서 어렸을 때부터 벌거벗고 물놀이했던 친한 형이야. 그 형이 몇 년 전에 명품 몇 가지 수입하는 회사를 인수했어. 마케팅 쪽 사람을 몇 명 구한다고 하더라고. 그쪽은 특채만 뽑으니까. 아마도 이번에 졸업하는 후배들 중에서 두어 명은 스카우트하지 않을까 싶어. 그 형 오면 널 소개해 줄게."

얼룩진 천장을 뚫어지게 보았다. 옷은 이미 입고 있었다. 화장품 파우치를 챙겨 오지 않은 게 못내 아쉬웠다.

민우가 팬티 위의 하복부를 손바닥으로 꾹 움켰다. 눈살을 잔뜩 오므리더니 침대에서 벌떡 일어섰다. 침대 스프링 때문에 은영의 몸이 살짝 튕겨 올랐다. 화장실로 달려간 민우가 화장실 입구에서 멈칫하더니 도로 문을 쾅 닫아 버렸다. 그러곤 허둥지둥 옷가지를 챙겨 입었다. 민우가 새빨개진 얼굴로 잠깐 어디에 다녀오겠다며 방문을 열고 나갔다.

30분이 지나도록 민우는 돌아오지 않았다. 민우에게 전화를 걸어 보려고 휴대폰을 들자 곧바로 벨이 울렸다. 민우였다.

"아, 미안. 화장실이 너무 급해서. 큰 거였거든. 그런데 어쩌지? 방금 여기 호텔에서 애들을 만났지 뭐야. 미안한데 거기 카운터에 부탁해서 택시 타고 올래? 애들이 놔 주질 않을 거 같아서 말이야. 그사이에 애들 놀라지 않게 내가 너

온다고 미리 말해 둘게."

언젠가 학교에서 민우의 차를 타고 함께 집으로 돌아오던 때가 떠올랐다. 민우가 화장실에 가야 한다며 도로 한복판에서 갑자기 호텔을 찾았다. 민우는 운전 중이었고 얼굴이 심하게 일그러져 있었다. 식은땀을 연방 닦아 냈다. 그런 급박한 순간에서 일반 건물 화장실을 죄다 지나쳤다. 그에겐 호텔 화장실이 필요했던 것이다.

2009. 12. 24. 18:06

은영은 시내에 들를 시간이 되는지 벽시계를 보았다.

15

은비는 장례식장까지 한달음에 달려갔다. 장례식장 후문
에 모여 있는 유가족과 조문객들이 흐느끼고 있었다. 그 옆
으로 버스 한 대가 서 있었다. 장례 버스였다. 운전석에 운전
사가 앉아 있었다. 장례 버스는 곧 출발할 버스인 듯했다.

버스 앞 유리창엔 '강진'이라는 지명이 적힌 종이가 붙어
있었다. 버스 옆에서 검은색 양복을 입은 중년 남자 두 명이
담배를 피우고 있었다. 버스 옆으로 담배 연기가 어지러이
흩날렸다.

"야밤에 묻어 달라는 심보는 뭡니까? 죽기 전에도 괴팍하
게 굴어서 여러 사람 고생시키더니."

"내 그 음흉한 속을 어찌 알아? 그 덕에 돈만 더 깨졌지
뭐."

　중년 남자들은 짜증스러운 얼굴로 담배 연기를 내뿜었다. 그들은 담배꽁초를 휙 내던지곤 유가족 무리로 걸어갔다. 그들이 돌아서는 것을 확인하고, 버스 옆으로 살금살금 다가갔다. 트렁크를 들어 올렸다. 유가족들 몰래 버스에 올라탔다. 라디오를 청취 중이던 운전기사는 전혀 의심하지 않았다.

　버스의 맨 끝 차창에 바싹 몸을 붙이고 앉았다. 차창 밖의 사람들이 버스에 실리는 관을 바라보았다. 흐느낌이 점점 더 드높아지고 있었다. 땅바닥에 주저앉아 오열하는 사람들도 눈에 띄었다. 유리창에 우측 머리통을 비스듬히 댔다.

　이 버스를 타고 어디서 내려야 할지 곰곰이 생각해 보았다. 아마도 고속도로에 진입하기 전에 내려야 할 것이다. 아니면, 휴게소에서 슬그머니 빠져나오는 수도 있었다. 그러다가 순식간에 잠들어서 강진이란 곳까지 가게 되면 어쩌나……. 가장 가까운 백화점으로 가서 현금을 인출한 후에 백화점 푸드 코트에서 뜨뜻한 국물을 들이켠 다음, 택시를 타고 약속 장소로 가면 되지 않을까. 그런데 강진엔 어떤 백화점이 있을까. 눈꺼풀이 자꾸 무겁게 내려왔다.

　잠을 쫓으며 간신히 눈꺼풀을 들어 올리는데 본관 건물 모퉁이를 돌아서서 사방을 기웃거리는 덩치 한 명이 보였다. 그가 보지 못하도록 차창 아래로 몸을 구기자 피가 다 빠져나가는 듯 온몸이 나른해졌다.

달리는 버스 안에서 누군가 은비를 흔들어 깨웠다. 입가에 흐른 침을 쓱 닦고 눈을 떴다. 버스 앞의 전자시계를 보니 11시 15분이었다. 오랜만의 깊은 잠이었다. 주위를 살펴보다가 은비는 깜짝 놀리고 말았다. 버스 좌석에 앉은 사람들의 절반이 검정 재킷을 입고 있었다. 자신을 쫓았던 덩치들처럼.

자신이 탄 버스가 장례 버스라는 걸 뒤늦게 알아차리고 안도의 한숨을 내쉬었다. 버스는 어두운 1차선 도로를 내리달렸다. 차창을 조금 열어 보았다. 찝찌름한 바다 냄새가 바람결을 타고 코를 간질였다.

옆자리에 앉아 있던 열 살 정도 돼 보이는 여자아이가 은비를 빤히 쳐다보고 있었다. 여자아이는 하얀 레이스가 달린 아이보리색 원피스를 입고 있었다. 하나로 묶은 머리 위의 하얀색 공단 리본이 손바닥만 했다. 은비는 부스스한 머리카락을 정돈하며 어정쩡하게 웃어 보였다.

지갑 헤집는 소리가 들리더니 버스가 멈추었다. 여자아이가 먼저 의자에서 일어나서 어른들을 따라 버스 통로를 걸어 나갔다. 은비도 버스에서 하차했다. 그윽한 파도 소리가 들려왔다. 그리 멀지 않은 소리였다.

버스에 올라타기 전보다 훨씬 푸근한 바람이 와락 스몄다. 어둠 속에서 잦아들지 않는 웅성거림이 은비를 에워쌌다.

"우리 할아버지랑은 어떤 사이세요?"

옆자리에 앉아 있던 여자아이였다. 호기심 어린 눈동자가 새치름하게 빛나고 있었다.

"사실은 잘 몰라."

여자아이를 향해 찡긋 웃어 보였다. 놀란 토끼 눈을 한 아이가 어른들 무리로 종종 달려갔다. 버스에서 관을 내리고 있는 사내들과 유가족 무리가 따가운 눈길로 은비를 쳐다보았다. 은비는 입가를 실룩거리며 자갈이 깔린 길을 내려갔다. 뒤돌아보자 사람들이 관을 들고 어둑해진 산을 오르기 시작했다.

길을 내려가자 1차선 도로가 드러났다. 도로 앞에 서서 택시를 기다렸다. 택시는커녕 지나는 차 한 대 없었다. 도로는 어슴푸레한 가로등 불빛에 의존한 채 어둑어둑했다. 저 멀리 도로가에 허물어져 가는 작은 구멍가게가 눈에 띄었다. 그곳에서 택시를 호출하면 문제될 게 없었다. 은비는 트렁크를 끌고 가게 건물 쪽으로 걸어갔다.

구멍가게 유리문엔 자물쇠가 채워져 있었다. 생각해 보니 크리스마스이브였다. 촌구석에 박힌 구멍가게도 영업을 하지 않는 건 당연했다. 트렁크를 잠시 내려놓고 발을 동동 구르는데 가게 옆으로 구식 공중전화가 눈에 띄었다.

가장 먼저 휴대폰 음성 사서함을 확인해 보았다. 한 개의 음성 메시지가 들어와 있었다.

"은비야, 지희가 절대로 말하지 말라고 했는데 그럴 수 없어서 전화했어. 누군가 널 쫓는 것 같다고 했지? 그 사람들 보낸 거 지희야. 네가 자꾸 자기 아빠를 넘본다고 짜증을 냈어. 자기가 미국으로 떠나고 나서 네가 자기 아빠한테 접근할 게 걱정됐나 봐. 너무 고생하지 마. 그리고 이런 상황에 이런 말하기 정말 미안한데, 그동안 지희 외상값을 하나도 못 받았어. 그래서 말인데, 네가 반만 내줄 수 없을까? 반은 내가 해결해 볼게."

대니의 목소리 끝에 잡음 섞인 기계 음이 지지직거렸다. 화가 났다. 수화기를 쾅 내리찍었다. 몇 초간 얼굴을 붉히고 거친 숨을 내쉬었다. 바닥에 내려놓은 트렁크를 걸어찼다. 슬리퍼 사이로 삐죽삐죽 튀어나온 발가락이 아프고 시렸다.

정신을 차리고 택시를 불러야 했다. 언니와 은재와 만나기로 한 약속 장소에 가야 했다. 그보다 더 시급한 문제는 없었다. 조금 전과 다를 바 없이 지나가는 차는 한 대도 없었다. 다시 버스가 있는 쪽으로 돌아가자니 여자아이에게 내뱉은 말이 후회됐다. 유가족 무리의 따가운 눈총이 무서웠다. 공중전화 수화기를 들었다. 지갑에 있던 동전을 몽땅 넣었다. 선회기는 동전만 연거푸 삼키고, 먹통이었다.

1차선 도로 건너편은 바다였다. 도로를 건너갔다. 난간 아래로 난 계단을 내려갔다. 유가족들이 산에서 내려오려면 시간이 걸릴 터였다. 관을 들고 산으로 올라간 사람들이 내려오기 전까지는 다시 버스로 돌아가야 했다.

당장 출발할 수 없을 바엔 바닷물에 손이라도 담그고 싶었다. 언제 바다에 와 보았는지 기억조차 아득했다. 좁은 모래사장 위로 성큼 발을 내딛었다. 큰 해수욕장이 아니었다. 모래사장은 폭이 그리 넓지 않았다.

트렁크를 끄는데 이전보다 더 무거워졌다. 모래에 묻힌 바퀴가 뜻대로 움직이질 않았다. 바퀴 사이에 모래와 자갈이 잔뜩 끼었다. 슬리퍼의 고무 안쪽으로도 모래가 가득했다. 쭈그리고 앉아서 빨갛게 칠한 뾰족한 손톱을 바퀴 사이에 집어넣었다. 바퀴 사이의 모래를 긁어내는데 손톱이 툭 부러졌다. 바닷바람이 한차례 쌩 불어닥쳤다. 뒤로 엉덩방아를 찧을 만큼 사나운 바닷바람이었다.

벌떡 일어서서 트렁크를 끌었다. 모래알들이 트렁크를 끌어당기는 듯했다. 하는 수 없이 트렁크를 들어 올리다가 떨어뜨렸다. 종일 트렁크를 끌고, 안고, 들고 달렸더니 팔마디가 욱신거렸다. 어깻죽지에도 힘이 없었다. 다시 힘껏 트렁크를 들어 올리려는데 곧바로 팔에 힘이 빠졌다.

트렁크가 모래사장 위에 드러누웠다. 손잡이를 잡고 낑낑대며 트렁크를 잡아당겼다. 밤하늘에 큰 별 하나가 외로이 떠 있었다. 별빛이 사무치게 아름다웠다. 바닷물에 손을 적시겠다는 순간적인 바람마저 포기했다. 어쩌면 아주 오래된 바람이었는지도 몰랐다. 은비는 산의 초입 쪽으로 발길을 돌렸다.

2009. 12. 24. 23:48

장례 버스마저 놓치면 돌아갈 방법이 없었다.

*

은재는 캐리어로 감싼 아기를 가슴에 안고 등에는 배낭을 멘 채 걸었다. 아파트 단지를 걸어 나가는 동안 마주친 사람은 없었다. 단지 내 도로는 한적했다. 어둑어둑한 도로 위로 비둘기 세 마리가 가로등 불빛을 밟으면서 뒤뚱거리며 돌아다녔다. 그중 맨 앞에 선 진회색 비둘기와 눈이 마주쳤다. 오른발을 아스팔트 길바닥에 쿵 내리꽂으며 비둘기 무리를 쫓았다. 비둘기들이 맨홀처럼 캄캄한 밤하늘로 푸드덕 날아올랐다.

캐리어로 감싼 아기를 안고 택시에서 내렸다. 약속 장소까지 이대로 택시를 타고 가면 편하겠지만, 편의점에서 아기의 분유를 사려고 지출한 돈 때문에 그럴 수 없었다. 코트 앞섶을 여미고 발을 동동 구르는 인파에 섞여 잠실역 버스 정류장에 섰다. 성남으로 가는 직행버스를 기다렸다. 버스는 15분 후에야 도착했다.

버스 맨 뒷자리에 앉았다. 버스 안에 승객은 다섯 명이었다. 그중 맨 앞자리에 앉은 취객이 술주정을 부렸다. 택시는

다 어디로 간 거냐며, 언성을 높였다. 운전사가 취객에게 조용히 해 달라고 당부했다. 잠잠하던 아기가 머리까지 푹 감쌌던 싸개를 거두자 콧잔등을 찌푸렸다. 떨리는 손이 천 가방 속으로 자연스럽게 들어가고 있었다.

아기의 울음이 터지자 취객이 자리에서 벌떡 일어섰다.

"에이, 씨팔! 재수 없게 울고 지랄이야!"

천 가방에서 분유 통과 보온병을 꺼냈다. 물에 섞은 분유만 주면 꽤 조용한 아기였다. 벽 너머에서 상상했을 때보다 훨씬 순하고 귀여운 구석이 있는 아기였다.

앞자리에 앉은 연인들이 주고받는 말이 들려왔다.

"자기도 조심해. 오늘 저녁 뉴스 봤지? 그 연쇄 토막 살인 사건 말이야."

"그러게 말이야. 너무 무서워. 세상이 너무 흉흉하니까."

"휴대폰은 꼭 들고 다녀. 알았지? 그 범인을 잡은 것도 휴대폰 때문이었잖아. 요샌 범인을 잡는 게 경찰이 아니라니까. 휴대폰이랑 CCTV가 잡는 거지. 실종자의 휴대폰이 마지막으로 꺼진 집을 수색했더니, 글쎄 그게 범인의 집이었대. 거기서 몇 건의 토막 살인이 더 있었나 봐."

버스는 어둠 속을 달려, 잠실을 지나고 복정동을 지나서 서울을 벗어났다. 그 길이었다. 익숙하지만 늘 처음 같은 길. 지날 때마다 새로이 건물이 서고 변화하는 길. 누나들과 끝없이 지났던 바로 그 폭설 속의 길. 눈송이가 가붓가붓 떨어지고 있었다.

버스에서 내려 한참을 걸었다. 어두컴컴한 산의 초입 계단에서부턴 손전등을 켰다. 싸개를 슬며시 들추고 아기의 볼을 만져 보았다. 볼이 차가웠고, 작은 입술은 떨렸다. 싸개를 모자 쓴 아기의 머리꼭지까지 덮으며 속삭였다.

"금방 끝날 거야. 조금만 참아."

산길은 생각보다 그대로였다. 사람들의 발길이 잦은 곳이지만 새로운 길은 나지 않았다. 누런 땅바닥을 드러낸 길에서 몸을 외로 틀었다. 수풀이 우거진 샛길로 1킬로미터만 더 올라가면 약속 장소였다. 경사가 그리 심하진 않았다. 흙바닥이 울퉁불퉁했다. 딱딱한 자갈이 발바닥에서 미끄러졌다. 어쩌다 한 번씩 발에 밟히는 메마른 나뭇잎 소리가 숲의 적막을 깼다. 그때마다 나뭇가지가 요동쳤다. 날카로운 바람이 흩어졌다가 모아졌다. 손전등을 들고 제자리를 한 바퀴 돌았다. 아무것도 보이지 않았다. 그저 검푸른 숲 속이었다.

잠시 멈추어 서서 휴대폰을 꺼내 들고 액정을 확인했다. 부재중 전화는 한 통도 없었다. 배낭과 아기가 무거웠지만 꾹 참았다. 다리가 움직이기 벅찰 정도로 저려 왔지만 계속 걸었다. 숲 속의 바람이 느껴지지 않을 때까지 걸었다.

소나무도, 소나무 옆의 낮은 바위도 그대로였다. 바위 옆으로 배낭을 내려 두고 바위 위에 앉았다. 어깨가 한결 가벼웠다. 나뭇가지 사이로 드러난 달이 인주의 눈가처럼 누리끼

리했다. 둥그런 달 주위로 멍처럼 푸른 밤하늘이 펼쳐져 있었다.

한참을 기다려도 산을 오르는 기척은 들려오지 않았다. 누나들이 언제쯤 도착할지 묻기 위해서 휴대폰을 꺼냈다. 먼저 큰누나에게 전화를 걸었다. 날씨가 추워서 오래 앉아 있긴 힘들 것 같았다. 엉덩이가 시려 왔다. 기어이 아기까지 울기 시작했다. 큰누나의 휴대폰에서 컬러링이 울렸다.

"은재야, 금방 다시 전화할게."

큰누나가 작게 소곤거리더니 매몰차게 전화를 끊었다. 곧바로 작은누나에게 전화를 걸었지만, 연결되지 않았다. 휴대폰 액정에 찍힌 시간을 확인했다. 약속했던 12시에 다다르고 있었다.

아기를 어르며 제법 자라난 소나무를 올려다보았다. 어느새 굵어진 눈발이 퍼부었다. 손이 시려서 점퍼 호주머니 속으로 손을 넣었다. 손에 무언가 만져져서 꺼내 보았다. 라이터였다. 플라스틱 라이터 위엔 'BACCHUS'라는 상호가 박혀 있었다. 제 것이 아니었다. 어쩌다가 제 점퍼 호주머니 속에 들어와 있는지도 알 수 없었다.

2009. 12. 24. 23:59

은재는 새하얀 눈발 속에 오도카니 앉아서 라이터를 켜 보았다.

*

　은영은 횡계 시내에 있는 화장품 가게 안에 있었다. 유리 벽에 유명 여자 연예인들의 광고 전단지가 붙어 있는 작고 허름한 화장품 가게였다. 새로 산 화장품들을 그 자리에 펼쳐 놓고 민얼굴에 성급히 찍어 발랐다. 머리가 단풍처럼 빨간 가게 주인이 잘난 척하며 눈썹 그리는 것을 도우려 했지만 한사코 마다했다. 어설픈 화장을 하고 화장품 가게를 나왔을 땐 어스름한 저녁이었다.

　가게 주인이 호출해 준 택시를 타고 용평리조트 호텔로 갔다. 호텔 정문엔 'X대학교 카프카 송년 모임'이라는 플래카드가 걸려 있었다. 주차장엔 외제 차들이 빼곡했고, 스키 복장을 한 사람들이 삼삼오오 지나고 있었다.

　택시에서 내린 은영은 한쪽 어깨에 골프 가방을 메고 호텔 정문으로 들어섰다. 호텔 현관으로 난 계단은 스키장 인공 눈에서 흘러온 물기로 축축했다. 처음에 집을 나설 때보다도 훨씬 무거워진 골프 가방을 메고서 계단을 밟고 올라갔다.

　호텔 로비에서 낯익은 몇몇이 은영을 쳐다보았다. 살짝 고개를 숙여 눈인사를 하고 로비를 가로질렀다. 마침 화장실 안에서 나오던 민우가 손을 들었다.

　그사이 화장을 한 게 몹시 민망했다. 얼굴을 똑바로 들지 못했다. 입사 원서에 지나치게 포토샵 처리를 한 증명사진을 붙일 때처럼 낯 뜨거운 순간이었다. 민우는 그것을 아는지 모르는지 개의치 않고 사방을 기웃거렸다. 로비 커피숍에 앉은 여자들 무리에서 하얀 손이 연기처럼 불쑥 솟아올랐다.

"너희 은영이 알지? 은영이가 마침 가족들이랑 스키장에 와 있다고 해서 내가 불렀어."

민우의 거짓말에 동조하며 찡긋 웃어 보였다. 소파에 앉아 있던 여자애들 세 명이 일시에 은영의 머리 꼭대기에서 발치까지 훑어보았다. 그녀들은 뭔가 떨떠름한 표정이었다. 그제야 자신이 모직 코트 안으로 검은색 스커트 정장을 입고 검은색 구두를 신었다는 사실을 깨달았다. 어깨엔 골프 가방까지 메고 있었다.

"골프 치러 왔나 보구나?"

친절하게 말을 건넨 여자가 앉을 의자를 빼 주었다. 여자는 자리에서 일어나 민우의 팔짱을 꼈다. 나머지 두 명이 "뭐야!"라고 야유하자 여자가 어깨를 달싹였다. 민우가 자연스럽게 팔짱을 풀고 남자들 무리가 서 있는 로비 쪽으로 걸어갔다.

은영은 함께 있던 여자들을 따라서 걸었다. 송년 모임 시간인 7시였다. 홀 앞에는 화환 몇 개가 세워져 있었다. 입구 옆엔 방문자의 사인을 받는 스태프 두 명이 서 있었다. 그중 한 명은 은비와 잘 알고 지낸다는 신입생 남자애였다. 며칠 전 스타벅스에서 마주쳤던 남자애는 은영을 전혀 알아보지 못했다.

은비에 대해 얘기를 꺼내면, 남자애와 잠깐이나마 반갑게 인사를 나눌 수 있을지도 몰랐다. 은비의 언니라고 말하려고 주춤거리는데 남자애가 "그거, 불편하실 텐데 여기 맡기고 들어가세요."라고 말했다. 은영은 골프 가방을 멘 어깨를 뒤로 빼고 강박적으로 머리를 흔들었다. 남자애의 눈빛이 일순 기이하게 흔들렸다. 은비의 애기는 결국 꺼내지도 못했다.

홀 안에는 뷔페식 요리가 한쪽 벽에 차려져 있었다. 현악기로 연주하는 클래식 음악이 잔잔하게 흘렀다. 접시를 든 사람들이 여기저기 돌아다니며 시끌벅적하게 떠들고, 크리스마스이브의 웃음을 나누었다. 어느새 로비 커피숍에 같이 있던 여자들은 뿔뿔이 흩어졌다.

뷔페 요리가 있는 기다란 테이블 끄트머리에 가만히 서 있었다. 이따금 샴페인 잔을 들고 와서 건넨 건 민우의 여자친구였다. 여자는 무슨 말인가를 하려고 입을 뗐다가 도로 입을 다물고 일행들에게 돌아갔다. 그러다가 잠깐 생각났다는 듯이 새로운 샴페인 잔을 들고 다가왔다. 민우는 나이 지긋한 남자 선배들 틈에 끼어 있었다.

10시가 넘도록 민우가 말한 선배는 오지 않았다. 못내 아쉽지만 이젠 떠나야 할 시간이었다. 지금 출발해도 동생들과의 약속 시간을 정확히 지킬 수 없었다. 민우가 가까이 와서

"아이, 정우 형 왜 이렇게 안 오지?"라고 투덜거렸다. 괜찮다고 대꾸하지 못하고 어깨를 늘어뜨렸다. 민우가 휴대폰으로 한 선배인가 하는 사람에게 전화를 해 보겠다고 했다.

"형! 어디야?"

민우는 몇 발짝 떨어져 목소리를 낮추었다. 주위에서 사람들이 떠드는 소리가 왁자했지만 민우가 소곤거리는 게 들리지 않을 정도는 아니었다. 양 볼에 숨을 가득 몰아넣고 민우를 빤히 쳐다보았다.

"지금 오는 길이래. 이제 고속도로에 진입했으니까 두 시간이면 도착할 텐데, 점등하고 곧바로 2차로 옮기면 그땐 얘기 좀 할 수 있을 거야."

"2차도 있어?"

"응. 아마 2차는 술을 마실 거야. 뭐 술 마시는 자리에서 보는 게 훨씬 자연스럽고 편하긴 하지."

멀리 떨어져 있던 민우의 여자 친구가 종종걸음으로 다가오고 있었다. 민우가 가까워지는 여자 친구를 보고 난데없이 "여긴 8홀이 괜찮지?"라고 화제를 바꾸었다. 여자는 요리 테이블 쪽으로 시선을 돌렸다. 여자에게 받아 들고서 입에도 대지 않고 내려 둔 샴페인 잔이 테이블 가장자리에 놓여 있었다.

한 선배라는 사람을 기다리는 동안 시간은 더디게 흘렀다. 얼마나 더 기다려야 할까. 이러면 안 된다고 생각하면서 샴페인을 들이켰다. 뺨에 취기가 스멀스멀 올랐다. 멀리 떨어져 있던 민우가 재밌는 일이라도 생긴 듯 웃으며 걸어왔다.

"너, 얼마 전에 LK건설회사 면접 봤다고 하지 않았어?"

"응."

"저기 있는 이 선배가 거기 딸이잖아. 미국 유학 마치고 돌아와서 이번에 자기네 회사에 들어간다네. 가서 인사 좀 나눌래?"

민우가 가리키는 여자를 보았다. 기억이 정확하다면, 한 달 전, 면접 대기실에서 자신의 옆자리에 앉아 있던 여자였다. 반짝반짝 빛나는 금박 귀걸이를 하고 있던 여자. 그때 그 여자가 "혹시 X대학?"이라고 물었던 게 떠올랐다.

여자와 인사를 나누었다. 여자의 소개로 다른 선배들과도 인사를 나누었다. 가능한 한 많은 사람들과 인사하며 대화를 나누고 안면을 트는 건 나쁘지 않았다. 숨이 막혀서 잠시 테이블 끄트머리에 와 서 있었다. 벽에 세워 둔 골프 가방이 못내 마음에 걸렸다.

샴페인 잔을 드는데 사람들의 웅성거림이 점점 더 커졌다. 홀 앞쪽에 있는 커다란 크리스마스트리 앞으로 사람들이 우르르 몰려갔다. 사람들은 입을 모아 10부터 거꾸로 숫자를 카운트하고 있었다.

그사이 은재에게서 전화가 왔다. 동생들에게 늦을지도 모른다고, 혹시 많이 늦어지면 기다리지 말라고, 말하지 못한 것이 떠올랐다. 은재에게 걸려 온 전화를 받자마자 민우가 멀리서 손짓을 했다. 홀 입구 쪽이었다.

민우 옆으로 30대 남자가 서 있었다. 홀에 들어와서부터 지금껏 일면하지 않은 사람이었다. 민우가 정우 형이라고 불렀던 한 선배인 듯했다. 휴대폰을 귀에 대고 은재에게 "은재야, 금방 다시 전화할게."라고 소곤거린 후 휴대폰 오프 버튼을 눌렀다.

허둥지둥 팔을 놀리는 바람에 벽에 세워 두었던 골프 가방이 앞으로 쓰러졌다. 골프 가방을 다시 세울 겨를이 없었다. 골프 가방을 사뿐히 뛰어넘어 민우가 서 있는 쪽으로 걸어갔다. 걷는 내내 자신감 넘치는 표정을 잃지 않았다. 여기저기서 환희에 겨운 환호성이 터져 나왔다.

2009. 12. 25. 00:02

커다란 크리스마스트리에 감긴 알전구들이 비로소 주홍빛으로 흐드러지게 피어났다.

608호의 세 남매는 아직 돌아오지 않았다. 크리스마스캐럴이 울려 퍼진다. 잔잔한 리듬을 타고 크리스마스 신화가 탄생할 것이다. 붉은 꽃다발을 한 아름 들고 사랑을 고백하기 위해 경찰복을 입고 찾아올 청년, 제자에게 크리스마스 인사를 전하기 위해 전화로 따스한 목소리를 남길 스승, 그리고 손꼽아 기다려 왔던 입사 합격 통보까지. 내일 아침이면 608호로 크리스마스 선물이 도착할 텐데, 그전까지 608호의 세 남매가 돌아올 수 있을지 확신할 순 없다. 불빛이 총총한 아파트는 고요하다. 지난 사흘 동안 이 아파트에선 몇 가지 사건들이 일어났다. 어느 아파트에서나 벌어질 수 있는 소소한 사건들. 재개발이 추진되는 압구정 지역의 32평 아파트를 사고 싶은 사람들의 발걸음이 분주하게 오갔고, 이 동에 사는 한 아기가 앰뷸런스에 실려 갔으며, 수도에서 녹물이 흘러나와 대대적인 물탱크 청소를 시행했고, 확장 공사가 진행 중인 집의 소음 때문에 주민들의 항의가 빗발쳤다. 그리고 어제저녁부터 오늘 오후까지 한 차례 소란스러운 일이 일어났다. 어느 집인가, 도둑이 들었다는 제보가 들어왔다. 출입 흔적을 남기는 경비실 스프링 노트엔 수상쩍은 기록이 남아 있지 않았다. 결국엔 나를 판독해야 했다. 내게 저장된 진부한 기억의 그림들을. 한 가지 발견된 것이라곤, 이 아파트에 살지 않는 중년 남자가 엘리베이터를 타고 6층에서 내렸다는 사실이다. 다시 내려올 땐 걸어서 내려왔는지, 아니면 어느 집인가 들어가서 나오지 않았는지 나에게 포착되지 않았다. 늙은 경비원은 근무 태만으로 경고를 받았고, 이 사건을 경찰서에 신고하자는 의견은 묵살되었다. 도둑이 들었다는 소문은 집값에 영향을 미칠 것이라는 의견이 우세했던 것이다. 그 밖에는 지루하다 싶을 만큼 평온한 밤이다. 나는 이곳에 서서 아파트 현관을 드나드는 사람들의 표정이나 몸짓을 보며 빽빽한 창 안의 스토리를 짐작하곤 한다. 대개의 사람들은 내 시선을 의식하지 않지만, 간혹 어떤 사람들은 내 시선을 의식하기도 한다. 608호의 가족들이 가방 하나씩을 들고 아파트의 출입구를 빠져나올 때도 그랬다. 그들은 내 앞에서 무언가 조금 어색해했다. 세 남매 모두 가방 하나씩을 들고 있었는데 뭐, 대수로운 사건은 아니다.

2009. 12. 25. 02:17

그들은 평소보다 조금 더 커다란 가방을 들고 나갔을 뿐이다.

　몇 달 전 압구정동에서 끔찍한 사건이 일어났다. 한 청년이 도로변의 화장품 숍으로 들어가서, 옆구리에 끼고 있던 칼로 그곳에서 일하는 변심한 여자 친구를 찌르고, 인근 아파트 옥상에서 투신했다는 뉴스가 보도되었다. 여자의 근무지에서 살인을 저지른 남자가 뛰어내린 아파트까지의 동선을 나는 미음속으로 더듬더듬 따라가 보았다. 밤이었고, 살인자는 도망치다가 어둠 위로 떠 있는 빛 덩어리를 보았을 것이다. 거대한 물고기 비늘처럼 휘황하게 반짝이는 백화점 외관의 빛. 그는 빛 너머의 아파트 단지로 걸어 들어갔다. 걷는 동안 그가 어떤 생각을 했는지 나는 알지 못한다. 그가 아스팔트 아래로 뛰어내린 아파트가 언젠가 내가 살았던 곳이라는 것밖에는.

젊음은 빛 속에서 흔적 없이 소멸된다.

2009년 12월

이홍

웰컴 투 강남

김미현(문학평론가 · 이화여대 국문과 교수)

> 하늘에서 얼마라도 좋으니 왜 지폐가 소낙비처럼
> 퍼붓지 않나, 그것이 그저 한없이 야속하고 슬펐다.
> 나는 이렇게밖에 돈을 구하는 아무런 방법도 알지
> 못했다. 나는 이불 속에서 좀 울었나 보다. 돈이 왜
> 없느냐면서.　　　　　　　　　　—이상, 「날개」

1 굿 모닝 강남

강남은 더 이상 강남이 아니다. 특정 지역이 아니라 독립된 하나의 정부(政府)이기 때문이다. 그래서 남한과 북한의 대립보다 강남과 강북의 대립이 더 심각하다는 우려도 가능하다. 이홍의 『성탄 피크닉』은 '강북의 강북'에 해당하는 '성남'에 살았던 한 가족이 로또에 당첨되어 '강남의 강남'에 해당하는 '압구정동'의 한양아파트에 입성한 후의 몰락기다. 이 소설에서 행운이어야 할 사건이 불행을 초래한다는 점에서 로또 당첨은 운명적 비극이자 문학적 사건으로 기능한다. 가장 강남적인 상황에서 가장 비강남적인 사건이 벌어지는

아이러니가 발생하고 있기 때문이다. 주인공 가족에게는 '거주권'만 발부되고 '영주권'은 발부되지 못한 듯하다. 이처럼 이들이 강남에 대해 제한된 침투성(restricted permeability)만을 보여 주는 이유는 무엇일까.

강남이 구체적으로 그 실체를 드러냈던 1990년 전후에 시인 유하는 "압구정동은 체제가 만들어 낸 욕망의 통조림 공장이다/ 국화빵 기계다 지하철 자동 개찰구다/ 어디 한번 그 투입구에/ 당신을 넣어 보라 당신의 와꾸를 디밀어 보라 예컨대 나를 포함한 소설가 박상우나/ 시인 함민복 같은 와꾸로는 당장은 곤란하다 넣자마자 띠―소리와 함께/ 거부반응을 일으킨다(「바람부는 날이면 압구정동에 가야한다2 ―욕망의 통조림 또는 묘지」)"라며 압구정동으로의 진입 자체에 대한 두려움과 어려움을 토로했다. 당연히 이때의 압구정동은 자본주의의 메카로서, 전근대적 할머니의 따뜻한 손길이 살아 있는 '하나대'와는 대척점에 선 곳이었다. 하나대라는 마지막 보루가 있었기 때문에 유하는 강남 출신이면서도 강남을 신랄하게 비판할 수 있었다.

21세기인 지금, 압구정동의 한양아파트는 그때보다 20년 가까이 더 낡았다. 난방이 잘 가동되지 않고, 창문은 바람을 막아 주지 못하며, 수돗물은 늘 말썽이라서 재개발 이야기가 나올 정도다. 하지만 서울 외곽 지역에 살았던 주인공 가족들에게 이곳은 유토피아이자 꿈의 궁전이다. "난방이 잘 가동되지 않는 추운 집이어도 상관없었다. 압구정 한양 아파트에 산다고 하면 학교 친구들의 부러움을 샀고, 과외를 하는 곳의 학부모들 대우도 달랐다. 아무리 힘겹고 슬픈 일이 넘쳐 날 때도 이 집은 위로가 되었다.(82쪽)" 그런데 문제는 비강남인들에게 '하늘에서 소낙비처럼 돈이 떨어지는' 행운에 해당하는 로또 당첨이 아니고는 압구정동으로 진입할 기회가 원천 봉쇄된다는 것이다. "자동차 사고로 사망할 확률이 3만 분의 1, 화재로 인해 사망할 확률이 40만 분의 1, 벼락 맞아 사망할 확률이 50만 분의 1"인데, 로또에 당첨될 확률은 "814만 분의 1"로서 벼락 맞아 죽을 확률보다 "열여섯 배"(87~88쪽)나 높다. 압구정동으로의 진입은 이처럼 목숨을 담보한 도박으로나 가능하다. 강남이 더 강남스러워졌기 때문이다.

문제는 두 가지다. 하나는 겉으로는 개방적인 듯하지만, "지하철 자동 개찰구"로 상징되는 거부반응이 이제는 '회전문'으로 바뀌면서 외부인들에게는 강남으로의 진입이 더 어려워졌다는 사실이다. 강남인들은 비강남인들의 진입을 처음부터 거부하는 것이 아니라 진입을 허락하는 척하면서 그들을 다시 퇴출시킨다. 그래서 더 잔인하다. 또 하나는 우리에게 돌아가고 싶은 고향인 '하나대'라는 공간이 사라졌다는 사실이다. 자본주의사회에서 우리에게 허락된 곳은 '돈'이라는 인공 날개로만 진입 가능한 '인공 낙원'뿐이기 때문이다.

2000년대 들어 급부상한 강남 소설은 강남 내부자의 위치에서 자본주의사회가 지닌 물질만능주의나 부르주아 계급의 속물성을 성찰하는 소설의 하위 장르다. 하지만 이홍의 『성탄 피크닉』은 강남 내부에 살면서도 '내추럴 본 프롤레타리아'이기 때문에 강남 안의 강북인, 외부인, 타자, 소수자, 이방인, 방문객으로 존재하면서 소외당하는 한 가족의 일상을 통해 강남 소설을 내파(in-plosion)하고 있다. 이를 통해 겉으로는 개인의 노력 여하에 따라 모든 것이 성취 가능하다는 무한 자유와 자발적 성취를 보장하는 듯하지만, 속으로는 소비와 갈망을 통해 한없이 그 성공을 유예하는 '액체 근대(liquid modernity)' 혹은 '이차 근대(second modernity)'의 모습을 재확인시킨다.

지그문트 바우만이 『액체 근대』에서 강조한 대로 "모든 견고한 것들을 녹이는 것"이 가장 중요한 근대의 성취였다면, 그런 성취는 견고한 것들을 없애 버리기 위해서가 아니라 "새롭고도 향상된 견고한 것들"을 재건하기 위해서다. 굳건한 고체화를 위해 액체화가 필요했던 것이다. 더욱 무서운 것은 모든 것이 이처럼 액체화되었기 때문에 그에 대한 저항마저 느슨하고 부드러워졌다는 사실이다. 이럴 때 새 질서는 예전 질서보다 더 견고해진다. 이홍의 『성탄 피크닉』은 더욱더 견고해진 강남의 고체성을 통해 근대성의 녹이는 힘이 어떻게 재분배되고 재할당되며 재계급화되는지를 알려 주는 메타적 근대 텍스트다. 여전히, 그리고 너무도 강남은 딱딱하기 때문이다.

2 굿 러크 강남

의미는 차이에서 온다. 비강남이 없으면 강남도 없다. 비강남이 강남을 비로소 강남으로 완성시킨다. 『성탄 피크닉』에서 주요 초점 화자인 '은영―은비―은재' 세 남매는 강남 짝패로 인해 자신들의 비강남성을 확인한다. 물론 열망의 강도에 있어서는 차이가 나지만 세 남매의 목적은 공히 '강남으로의 안착'이다. 그래서 이들에게는 더욱더 '내추럴 본 부르주아'들이 절대적으로 필요하다. 하지만 강남인은 오히려 이들의 비강남성을 통해 자신들의 강남성을 견고하게 하려 할 뿐이다. 이들의 저항이 있어야 자신들의 진정한 힘을 과시할 수 있기 때문이다. 저항이 없으면 권력이 아니다. 이 소설이 세 남매와 강남 짝패들과의 대칭적 관계를 통해 데칼코마니적 구조나 병렬식 구성을 보여 주는 이유가 바로 여기에 있다.

강남 소설을 이야기할 때마다 흔히 논의되는 '취향'이나 '구별 짓기'의 문제도 이런 강남과 비강남의 대비적 시점이나 문화 격차와 연관된다. 부르디외에 의하면 미적 성향, 즉

취향의 차이가 어떤 계급을 다른 계급과 구별 짓게 하는 가장 원초적이고 직접적인 원리다. 특수한 생활 조건으로부터 만들어지는 취향은 동일한 생활 조건을 공유한 모든 사람을 함께 묶어 주는 반면, 그 밖의 다른 사람들과는 구분시켜 준다. 포함과 배제가 동시에 일어나는 것이다. 문제는 이런 취향이 혈연이나 지연이 아닌 '자본'과 '시간'에 의해 결정된다는 사실이다. 세 남매는 각기 자기 나름의 방식으로 이런 강남 취향을 모방한다. 그들에게는 진짜 강남 취향을 소유하거나 체화할 자본과 시간이 없으므로 오로지 강남에 대한 '모방'만 가능하다. 하지만 모방은 '비슷하지만 똑같지는 않은 흉내 내기'에 불과하다. 마치 검은 피부에 하얀 가면을 쓰는 피식민지인처럼 강북인은 강남인을 모방한다.

로또에 당첨된 뒤 엄마와 이혼하고 당첨금의 20분의 1을 챙겨 집을 나간 아빠와, 1년 과정으로 홍콩의 딤섬 스쿨에서 유학 중인 엄마를 대신해 가장 역할을 하고 있는 첫째 은영의 최대 고민은 취업이다. 명문 대학 졸업을 앞두고 있지만 취직이 되지 않아 과외로 생활을 유지하는 그녀에 비해, 같은 대학 친구인 민우와 '카프' 멤버들은 그야말로 별천지에 살고 있다. 형식적인 절차만 거치면 취직을 하거나 사업을 하는 게 너무나 쉬워서 고민거리조차 되지 못한다. 그것이 바로 은영이 자신의 몸을 민우에게 제공하면서까지 카프 멤버가 되고 싶은 이유다. 아이러니한 것은 '카프'가 'KAPF'

가 아니라 'Kafka'의 약자라는 사실이다. '조선프롤레타리아
예술가동맹'이 아니라, 순수문학이자 고급 문학을 대표하는
작가 프란츠 카프카가 지닌 상징성을 통해 작가는 강남인들
의 자본이 단순히 경제적 자본만이 아니라 예술을 향유할
수 있는 '문화 자본', 명문 대학이라는 '학력 자본', 인맥 중
심의 '사회관계 자본' 등 세 가지 모두를 추가적으로 가진 사
람들임을 확인시켜 준다. 이런 상징 자본이 은영에게는 없고
민우에게는 있다. 상징 자본은 벼락부자나 외부 침입자의 강
남 침범에 대한 방어막 구실을 한다. 그래서 은영은 진정한
카프 멤버가 될 수 없다.

세 남매 중 가장 문제적이면서 소설 속의 핵심 서사를 이
끌고 있는 둘째 은비는 강남적 외모와 가치관에 제일 부합
하는 인물이다. 그래서 은비 주변에는 람보르기니, 낸시 곤
잘레스, 루이뷔통, 구찌, BMW X5 등의 강남적 문화 기호들
이 넘쳐 난다. 문제는 은비가 그런 상품들을 부모의 재력이
나 자신의 능력이 아닌 강남 아저씨들이나 오빠들에게서 갈
취한다는 점이다. 은비의 로망은 고리대금업으로 돈을 번 처
가를 배경으로 로펌을 경영하는 아버지를 둔 강남 친구 지
희처럼 돈을 물 쓰듯이 쓰는 것이다. 하지만 은비에게 그런
아버지와 가족은 없다. 취향과 안목은 있는데 돈이 없다. 이
럴 때 은비가 선택할 수 있는 대안은 "압구정의 40평대 집과
외제 차와 골프 회원권을 살 만한 능력, 경제적인 부분만 해

결해 주면 사사건건 간섭하지 않는 유순한 아내, 학업 성적
이 그럭저럭 상위권인 두 아이(74쪽)"를 가진 성형외과 의사
최 원장과의 물적 거래다. 순정을 바치는 경찰 지석은 절대
은비의 짝패가 될 수 없다. 지석은 비강남인이기 때문이다.

이런 은비를 통해 생산이 아닌 소비가 중요해진 자본주의
사회의 변화를 확인할 수 있다. '나는 쇼핑한다. 고로 존재한
다.' 그런데 더욱 중요한 점은 아무것이나 쇼핑하면 안 된다
는 사실이다. '내가 소비하는 상품이 바로 나다.' 우리가 소
비하는 상품을 통해 한 개인의 출신 배경이나 계급, 교육 수
준이 드러나기 때문이다. 상품은 이제 단순한 상품이 아니
다. 모든 상품들 속에는 계급과 취향과 위계가 있으며, 소비
한다는 것은 그것들을 하나의 '기호'로서 과시한다는 의미
를 내포한다. 이럴 때 취향이 계급의 지표로 작동하게 된다.
소비를 통해 사회 내의 차이가 더 두드러진다. 이럴 때 '돈만
있으면 누구나 원하는 상품을 살 수 있다.'는 자본주의적 평
등의 논리는 추상적이고 형식적인 논리에 불과하게 된다. 물
신이 지배하는 사회에서는 '피'가 아니라 '돈'이 유전자이기
때문이다. 그래서 은비는 지희가 될 수 없다.

소설 속에서 가장 여릿하게 존재하는 셋째 은재는 옆집
여자인 유부녀 인주와 불륜 관계를 맺는다. 게임 중독에 빠
진 자폐적 고등학생 은재가 갓난아기를 둔 신혼의 새댁과
부적절한 관계를 맺을 만큼 그의 내면 또한 공허하고 절박했

음을 알 수 있다. 무심함을 가장한 상실감이 은재를 지배한다. 은재의 강남 짝패인 인주 또한 강남 아파트에 신혼집을 차릴 만큼 경제적으로는 여유 있는 강남인일 수 있지만, 구타를 일삼는 폭력 남편으로 인해 고통받고 있다. 급기야 갓난아기를 은재에게 맡기고 집을 떠나 버리고 만다. 그래서 은재는 인주와 헤어질 수밖에 없다. 나름으로는 은재의 유일한 소통의 대상이었던 인주를 잃어버림으로써 은재의 강남 입성은 또 다른 벽에 부딪히게 된다.

이처럼 세 남매는 강남과의 접촉면에 해당하는 짝패들과 긴밀한 관계를 유지하려 하지만 모두 실패한다. 이런 실패의 정점에 최 원장 살인 사건이 있다. 계속 돈을 뜯어내려는 은비의 협박에 화가 난 최 원장이 은비의 집으로 찾아오고, 세 남매의 공모 아닌 공모로 인해 목숨을 잃는다. 이제 꿈과 행복을 보장하는 유토피아였던 압구정동 한양아파트가 피가 낭자한 살인의 현장이자 디스토피아가 된 것이다. 이로써 세 남매의 강남 입성은 무위로 돌아간다. 그래서 세 남매는 삼분(三分)된 최 원장의 시체를 각기 자신들의 가방 속에 넣고 다시 성남으로 향한다. 시체를 강남에 버릴 수는 없기 때문이다. 아무리 좀비 같은 인간들이 즐비한 곳이라 할지라도 진짜 시체를 위한 공간이 강남에는 부재한다. 강남은 그 정도로 견고하다. 이들의 '성탄 피크닉'은 아빠와 엄마가 나중에 그들이 크면 열어 보라고 보물 상자를 묻어 두었다는 착

종된 기억의 공간을 향한 것일 수도 있고, 길을 잃고 헤매다가 죽기 직전에 발견되었던 공포의 공간을 향한 것일 수도 있다. 크리스마스트리로 쓸 소나무를 베기 위해서가 아니라 강남으로의 반입이 금지된 시체를 유기하기 위해 세 남매는 그곳에서 만나기로 약속한다.

이런 살인과 매장 행위를 은폐하기 위한 '피크닉'이 설레거나 즐겁지 않은 이유는 가해자를 피해자로 만들고, 피해자를 가해자로 만드는 위치의 전도 때문이다. 이홍의 『성탄 피크닉』은 빈부 격차나 계급 갈등, 자본주의의 물질만능주의를 이분법적 대립 논리나 계몽적인 근대 논리로 환원하지 않는다. 자리바꿈을 통해 서로가 서로를 오염시키고 전염시키는 현실이 적나라하게 드러나고 있기 때문이다. 작가는 강남의 허구성과 이기주의를 '강남인의 죽음'이라는 결말로 폭로한다. 최 원장은 죽어도 될 만큼 타락했다. 하지만 비강남인에 의해 간단하게 죽음을 당할 만큼 만만한 존재는 아니다. 최 원장은 죽어서도 세 남매를 억압한다. 최 원장은 세 남매를 환대(hospitality)하면서도 적대(hostility)하는, 그래서 이들을 환적(hostipitality)의 대상으로 만드는 호스트(host), 즉 '주인'인 동시에 '적'이기 때문이다. 그래서 강남은 사후경직된 최 원장의 몸처럼 부드러운 것 같지만 딱딱하다. 이것이 바로 시체가 들어 있는 가방을 가지고 세 남매가 성남으로 향할 수밖에 없는 이유다. 세 남매는 강남 입성을 실패로서 완성한다. 강남은 이들에게 초고속 엘리베이터가 아니라 촛농으로 만든 날개만을 제공했기 때문이다.

3 굿 바이 강남

이홍의 『성탄 피크닉』은 혼종적 소설이다. 21세기적 모더니즘의 고현학을 보여 주면서, 신프롤레타리아 계급 중심의 포스트리얼리즘적 면모 또한 제시하기 때문이다. 강남 소설적 성찰이나 반성을 '내부의 배제(exclusion of inside)'를 통해 문제 삼는 비강남적 소설이기도 하다. 계급의 굴레를 벗어날 수 없다는 현실을 강남 진입의 불가능성으로 보여 준 풍자소설인 동시에, 포기할 수 없는 강남에 대한 무한 욕망을 겸허하게 인정한 심리소설이기도 하다. 이로 인해 이 소설의 인물이나 배경, 시점은 예기치 않은 병치로 상호 전염을 일으킨다. 세 남매를 통해 강남에 대한 '다른 힘을 주는 침해(enabling violation)'가 일어나고 있기 때문이다. 세 남매는 강남을 모방함과 동시에 전염시킨다. 강남을 재현하지 않고 반복한다. 그래서 한편으로는 강남을 심화하면서 한편으로는 강남을 방해한다.

세 남매가 최 원장의 시체를 유기하기 위해 모이기로 한 성님의 약속 장소에는 은재만 도착한다. 은영은 송년 모임에

서 카프 멤버들과 친교를 맺기 위해 고군분투 중이고, 은비
는 자신의 아빠까지 유혹하려 했다는 오해로 화가 난 지희
에 의해 고용된 조폭들에게 쫓겨 다니느라 정신이 없다. 이
처럼 세 남매에게는 자신들의 죄에 대한 은폐조차 쉽지 않
다. "크리스마스캐럴이 울려 퍼진다. 잔잔한 리듬을 타고 크
리스마스 신화가 탄생할 것이다. 붉은 꽃다발을 한 아름 들
고 사랑을 고백하기 위해 경찰복을 입고 찾아올 청년, 제자
에게 크리스마스 인사를 전하기 위해 전화로 따스한 목소리
를 남길 스승, 그리고 손꼽아 기다려 왔던 입사 합격 통보까
지. 내일 아침이면 608호로 크리스마스 선물이 도착할 텐데,
그전까지 608호의 세 남매가 돌아올 수 있을지 확신할 순
없다.(209쪽)"

다시, 중요한 것은 세 남매가 강남으로 되돌아올 수밖에
없다는 사실이다. 단지 언제 돌아오느냐의 문제가 남아 있
을 뿐이다. 성남은 이미 하나대가 아니기 때문이다. 할머니
가 아닌 시체가 있는 곳이니까. 세 남매의 이런 귀환 아닌
귀환은 더 이상 자본주의 혹은 강남의 바깥은 없다는 것,
그로 인해 그들이 강남 내부에서 설령 주름이나 얼룩으로
존재한다 해도 강남에서 살아남아야 함을 힘겹게 알려 준
다. 이것이 바로 세 남매가 강남의 바깥이 아닌 강남과 강
북 '사이에 낀(in-between)' 제3의 경계 공간에 존재하는 이
유다. 이런 제3의 공간에서 강남과 강북은 서로에게 접속해

있으면서 동시에 분리되어 있다. 작가는 세 남매의 이런 경계인으로서의 혼종적 위치를 통해 어느 한쪽의 문화에 대한 비판이나 옹호가 아니라, 두 문화를 동시에 바라보면서 그 간극과 경계에서 더욱 풍부해지는 겹눈의 시각을 확보한다. 이질적이고 대립적인 두 계급의 실상을 어설프게 봉합하거나 단죄하지 않는 통제력과 현실성을 중시하기 때문이다. 소설의 맨 앞과 맨 뒤에 배치된 아파트 단지 CCTV의 '시선'은, 혹독한 재계급화의 현실에 대한 직시가 오히려 탈계급화를 위한 가장 정확한 감식안이자 혜안임을 아는 작가의 적절한 '응시'라고 할 수 있다. 강남은 여전히 차갑고 무표정하며 끄떡없기 때문이다.

그래도 아직 여지는 남아 있다. CCTV에도 사각지대는 있으니까. 세 남매의 행위는 강남 문화의 이면과 허점을 통해 그 불완전한 정체성을 부각하고 위협하는 적극적이고도 긍정적인 역할 또한 수행한다. 이홍이 『성탄 피크닉』에서 이전의 계급 소설이나 강남 소설과 다르게 보여 준 것은 '강남이 강북을 억압한다.'는 당연한 사실의 확인이 아니라, '강북도 강남을 욕망한다.'는 현실의 인정이다. 그래서 이홍은 강남과 강북의 '대립'이 아니라 '전염'을 문제 삼는다. '반성'이 아닌 '모방'이 문제되는 것도 이 때문이다. 이런 전염이나 모방을 통해 강남과 강북 사이에는 틈새의 공간이 발생한다. 이 틈새 공간에서는 상이한 두 계급이 새로운 것으로 혼합되지도 않고, 갈등 없이 공존하지도 않는다. 그저 두 계급은 동질화되거나 전체화되는 것을 부정하면서 서로 갈등하며 불안정한 상태로 남아 있다.

왜 그런가. 작가는 이런 불안정성을 통해 근대에 대한 '심화적 극복'이 가능함을 알기 때문이다. 지안니 바티모가 『근대성의 종말』에서 제시한 용어인 '심화적 극복'은 근대성의 문화와 체계에 계속 의지함으로써 그 근대성을 붕괴하는 작업을 의미한다. 탈근대를 위해서는 근대를 극복하기보다 수용하며 넘어서야 한다는 것, 즉 이전의 것을 몽땅 날려 버리자는 것이 아니라 이전의 것을 기억하고 비틀어야 한다는 것, 넘어선다고 해서 뒤에 남겨 놓는 것이 아니라 심화하여 받아들여야 한다는 것이다. 극복 자체가 가장 위험하고 견고한 근대 개념임을 간파하고 있기 때문이다. 이것이 바로 이홍의 『성탄 피크닉』이 능란하게 구사하는 딱딱한 근대를 진정 부드러운 근대로 만드는 액체화 기술일 것이다. 그리고 20세기 모던 보이의 '경성'을 21세기 모던 걸의 '압구정동'으로 전유한 이유이기도 할 것이다. 이상의 「날개」에서 돈에 대한 매혹과 좌절을 동시에 맛보았던 주인공의 비상과 추락은, 그래서 여전히 압구정동에서 진행 중이다.

이홍

1978년 서울에서 태어났다. 서울예대 문예창작과를 졸업하고 2007년 장편소설
『걸프렌즈』로 〈오늘의 작가상〉을 받으며 등단했다.

1판 1쇄 찍음 2009년 12월 11일
1판 1쇄 펴냄 2009년 12월 18일

지은이 이홍
발행인 박근섭, 박상준
편집인 장은수
펴낸곳 (주)민음사

출판등록 1966. 5. 19. 제16-490호
주소   서울시 강남구 신사동 506 강남출판문화센터 5층 (135-887)
대표전화 515-2000 | 팩시밀리 515-2007
홈페이지 www.minumsa.com

ISBN 978-89-374-8294-6 (03810)

※ 이 책은 한국문화예술위원회 AYAF 1기 창작 기금 지원으로 출간되었습니다.